CONTENTS

1	気になるドクター	6
2	ヒーロー登場？	22
3	城戸の正体	41
4	城戸がイケメンだった件	72
5	恋心	89
6	キーマン発見	160
7	急転直下	188
8	下手くそなプロポーズ	237
番外編	甘い休日	256
あとがき		262

MITSU YUME

イラスト／小島ちな

暴君ドクターの甘い無茶ぶり

秘密のお仕事は恋の始まり!?

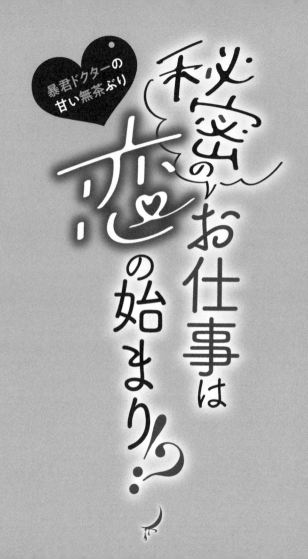

1　気になるドクター

「佐竹《さたけ》先生！　こちらにサインをお願いします」

ここは、井出《いで》総合病院の医局。秋山莉緒《あきやまりお》は、自身が秘書として仕えている老医師を見つけると慌てて駆け寄った。佐竹医師は明日から学会に行って留守なので、診断書のチェックやサインをもらい忘れると来週末まで患者さんを待たせることになる。

（はーっ、間に合ってよかった！）

「ここに書いたら良いの？」

「あ、はい。消えないボールペンでお願いします」

「オッケー。秋山さん、来週末まで僕は休みだから、宜しくね」

「はい。先生、美味しいお土産を待ってまーす」

莉緒は佐竹医師に笑顔を向ける。数枚の書類を受け取って医局を飛び出すと、足早に外来に向かった。すると、暗く長い廊下の向こうから、こちらにやってくる長身が目に入る。

「お疲れ様です」

「……れさま」

挨拶《あいさつ》もそこそこに去っていく後ろ姿を、莉緒は立ち止まって見送った。城戸聡介《きどそうすけ》、外科医、三十五歳、独身。莉緒の脳内データベースにある彼の情報は、たったこれだけだ。

莉緒はこの医師が妙に気になって仕方がない。その理由はイケメンだとか、デキる医師だから、ということではない。第一、外来で診察についたことも、まともな会話を交わしたこともないので、デキる医師かどうかなんて判断はつかない。

数多くの医師を見てきた医療秘書《クラーク》の勘としか言いようがないのだが、どう見ても、彼からは胡散《うさん》臭さしか感じられないのだ。

第一、東京の大学病院から鳴り物入りで赴任してきたというのが嘘《うそ》っぽい。総務の情報だから間違いはないのだろうが、経歴が見た目と合致しないのだ。キレッキレの外科医のはずが……顔の半分以上が隠れるボサボサの長髪と分厚いレンズの黒縁メガネに無精ヒゲ。サイズの合わないヨレヨレの白衣に、緊張感のないサンダル履き。すれ違っても顔も上げないし、挨拶もよく聞き取れない。噂《うわさ》では、オペはいつも途中退場。外来診察が週に一回だとか、クラークを付けずにベテラン看護師を一人だけ従えて診療をしているとか……夜勤なしの特別待遇も妙だ。

「城戸先生ってさあ、昨日廊下ですれ違ったけど、メガネに前髪がかかって清潔感ゼロ。よっぽど院内の理容店に引っ張っていこうかと思ったわよ」

サンドイッチをパクつきながら莉緒が言う。それに同期の中野香織《なかのかおり》がニヤニヤしながら同意する。二人がいるのは、内科外来の一番隅っこにある小さな休憩室。窓も流し台もない、五～六人が入ればいっぱいになる監獄みたいな部屋だ。病棟には看護師用のミーティングルームがあって、みんなはそこで休憩や食事をしているが、外来にはないのだ。こんな隅っこの休憩室や院内テナントのコーヒーショップで飲食をするという、休憩室難民が院内にはゴロゴロいる。

莉緒は老年内科でおじいちゃん医師達のクラークを主にしていて、香織は呼吸器内科のクラークだ。二人の話題は、うさんくさい城戸医師からやがて、今年の初めに行われた老年学会へと移った。莉緒が担当するおじいちゃん医師達が発起人となって行われた手作り学会のことだ。

製薬会社の協賛を得て病院スタッフが参加して作り上げたもので、一般の聴講者も多数参加してほんわかムードの学会となった。最近、認知症に対する関心はとても高く県内外から老年内科以外の医師も沢山出席して大盛況だった。莉緒は一般の聴講者の案内をしていたので、少し遅れて客席から見ていたのだが、どの参加者の表情からも満足のいく内容だったことが伝わった。

「でもさ、あの妊婦さんの救急搬送騒動はびっくりだったね。莉緒は受付だったから焦《あせ》っちゃったでしょ？」

「うん、最初はどうしようかと思ったよ。あっ、そうそう！　結局、助けてくれたドクターの名前を聞きそびれちゃってね、後で病院に妊婦さんからお礼状が来たんだけど、伝える術がないのよ。どうしよう」

「えっ、なんだか悲しいね」

学会当日、具合の悪くなった妊婦が助けを求めてやって来たので、受付は大騒ぎになった。医師は沢山いるけれど、学会はもう始まっていて皆会場に入っていたからだ。莉緒は一緒に受付をしていた製薬会社の営業に後を託し、責任者の佐竹医師を呼ぶために会場に走った。その時、入り口付近にいた医師だと名乗る男性が対応をしてくれたらしいのだ。

結局、莉緒たちがバタバタしている間に救急車に同乗してくれたので、後ろ姿をチラッと見たくらいでお礼も言えなかった。

「救急車に乗って行っちゃったドクターは、学会に間に合ったの？」

「それが私ってば焦《あせ》りまくってて、その人が後で学会に参加できたのかも覚えてないのよ」

「え、記憶力抜群の莉緒が？」

「見たのは後ろ姿だし、色々な仕事を掛け持ちしていたからキャパオーバーだったのよ。助けてくれたドクターには申し訳なかったな」

「うーん、そうだねぇ。でも、基本それが医者の仕事だから、良いんじゃない？」

「ん……そうかな」

香織の言葉に、莉緒の罪悪感が少しだけ軽くなった気がした。救急車に乗り込むドクターにお礼の一つも言えなかったことが、いつまでも心残りだったからだ。

「それにしてもさ、本当に良い学会だったね」

「だね。しかも日当をもらったのが一番嬉《うれ》しかったよ。おまけに、弁当は門倉《かどくら》の和風フレンチ弁当でビーフカツまで入っていたし！」

肉好きの莉緒は弁当の美味しさが忘れられないので、思わず力説してしまう。

「すごく美味しかったね。あ、そういえばさぁ、学会で知り合った製薬会社の営業さんから後で連絡が来てさあ……」

「えっ、うそ！　何て言ってきたの？」

「なんか、今度ほんの少人数で飲み会をしませんかって。なんでも、道後の温泉宿の息子さんなんだって。招待だから宿に泊まらせてくれるらしいから莉緒も行く？」

「うーん……行かない」

「えっ、なんで？」

「温泉だけなら行っても良いけど、飲み会は面倒くさい」

莉緒の返事に、香織がガックリと肩を落とす。

「もうっ、面倒くさいとか言わないの！」

「あはは、良いじゃん。飲み会なんて性に合わないし」

「莉緒さあ、いいかげんに彼活というか、婚活もしないとヤバいよ」

「え、婚活なんてしないよ」

「……あのさぁ」

生まれてこのかた、彼氏なんていたことのない莉緒に、香織が本気で説教を始める。わりとアバウトな性格の香織から見ても、莉緒の恋愛事情は心配の種らしい。

莉緒は男性に幻想も期待もしないタイプだ。手酷い失恋があったからではなく、元々現実的な物の見方をする人間だというだけのこと。学生時代も男子とは友達止まり。まかり間違ってデートに誘われたとしても、キッパリと断ってきた。

『私なんかを誘うなんて、何か魂胆《こんたん》があるに違いない』などと考えてしまう。

そばかすが散らばった肌、サラサラのロングヘアなど夢のまた夢の激しい天パ。メリハリのない体、どこをとっても、女性らしくない自分の外見がコンプレックスなのだ。取り柄といえば、ただ必死に仕事をする。それだけ。香織の説教が終わるまで、莉緒は肩を落として真面目な表情を顔に貼り付けていた。


翌週、老年内科の診察日のこと。莉緒が看護師と一緒に内科外来の十一番診察室でスタンバイしていると、佐竹医師がのんびりした足取りでやって来た。

「おはよう」

「先生、おはようございます」

元気よく挨拶を返し、すかさず温かいお茶を差し出す。佐竹医師のお気に入りは、地元産の濃い緑茶だ。毎月お茶代の諭吉を莉緒にポンと渡し、「皆のおやつも宜しくね」なんて言うから、ついお世話したくなってしまう。おん年七十歳のおじいちゃん医師だが、今もバリバリの現役だ。東京の大学病院に在籍していた頃は、鬼の指導医として名を馳せていたと聞いているが、今となってはその面影はない。

「お土産、買ってきたよ」

そう言って、莉緒に土産の入った袋を手渡す。

「わぁっ！　ありがとうございます」

袋の中を覗くと、東京駅で人気のバターサンドクッキーが何箱も入っている。限定のイチゴ味もあり、莉緒は小さく「きゃー！」と叫んだ。

「先生、これ限定品で並ばないと買えないんですよ！　どうやってゲットしたんですか？」

七十代の大先生が並んでくれたのかと思うと、申し訳がない。

「ん？　偶然駅で会った僕の弟子に買わせたんだ。可愛い秘書が楽しみにしているって言ったら、喜んで並んでいたよ」

「えー、そんな便利な下僕がいるんですか？」

「下僕……何気にひどいね、君」

そう言って、佐竹はヒヒヒ……と笑う。

弟子って誰のことだろう？　ふと疑問が湧いたが、そんなことを掘り下げる暇はない。とりあえずお土産は片付けて、患者を呼び込まなくてはいけないのだ。

「先生、診療開始まであと五分です」

「はいはい」

こうして、戦場のような外来診療が始まった。

午後二時、午前の診察がようやく終了して遅い昼食を摂っていると、莉緒のPHS《ピッチ》が鳴った。

「はいっ、秋山です」

「あ、上田《うえだ》だけど、夕方から書類作成を手伝ってくれないかな？」

「夕方……ですか？」

「オペがあるから昼間は無理なんだ。七時頃に医局に来てくれる？」

「……はい。分かりました」

莉緒はため息を隠し、PHSをポケットにしまう。

（私は上田先生の専用秘書じゃないんだけどな）

なにかと雑用を言いつけてくる医師が恨めしい。上田医師は『めんどうな人』と悪評の絶えない人物で、看護師やクラーク仲間から嫌がられているのだ。最近外科クラークの一人が辞めてからは莉緒に連絡をしてくるようになったので、仕方なく対応している。外科手伝いは莉緒の仕事だから断る理由もないのだが、たまには明るい時間帯に退勤して、カフェでまったりしたり買い物を楽しみたいと思う。

約束の午後七時前、莉緒はノートパソコンと書類の入ったファイルを手に医局に向かった。IDカードをかざしドアを開けると、いきなり出て来た人物にぶつかってしまった。

「きゃっ！」

「おっと、悪い」

ぶつかった反動で倒れそうになったが、パソコンを抱きしめた両腕を摑《つか》まれて助けられた。

なんと、相手は城戸医師だった。

「すっ、すみません」

「いや、こっちこそ。君、こんな時間に医局に何の用？」

メガネ越しに眼光鋭く見つめられて、莉緒はドキッとする。

「上田先生から、書類作成の手伝いで呼ばれました。オペで忙しいからと、この時間を指定されたので……」

「そうか」

会釈をして医局に入ると、何故か城戸もついてくる。

「一緒に行くよ。医局には誰もいないと思っていたんだけど……」

そう呟いて、莉緒を奥の外科医専用スペースに案内する。だだっ広い医局は、夜には霊《れい》廟《びょう》みたいに冷えて不気味な場所だ。『出る』という噂も聞く。

（無愛想なのかと思っていたのに、わりと面倒見が良いのかな？）

城戸の意外な一面を見て、莉緒は何故だか動揺していた。胡散臭い医師だと思っていたら良い人だったなんて、自分の見立てを少しだけ反省したのだった。

医局は静かで、共有スペースには誰もいない。上田の部屋は薄暗く、仕事を忘れて帰ったのではないかと不安になる。ノックをすると、少しだけドアが開き上田が顔を出した。

「秋山です。お手伝いに参りました」

「ああ、入って」

そう言ったものの、莉緒の隣に城戸が立っているのを見て、上田は怪訝《けげん》そうな表情を浮かべる。

「上田先生、こんな時間ですし、秋山さんには共有スペースで手伝ってもらってはいかがですか?」

莉緒の置かれた状況を城戸は瞬時に理解して、一緒に医局に入ってくれた。上田が渋々とそれに従う。城戸は自分のコーヒーを淹《い》れると、少し離れた場所にあるソファーに腰を掛けた。居座る気満々だ。正直、莉緒は城戸にずっといてほしいと思っていた。

上田が差し出した書類は難病申請が二件。莉緒はすぐさま専用ソフトに入力をしていく。その作業の間に、上田には莉緒が持参した数枚の書類に目を通してもらい、サインをお願いした。二十分ほどで書類の確認とサインが終了し、莉緒はすぐさま書類をスキャンした。難病申請書類も完成して上田のサインもゲットしたのでもう帰っていいはずだ。

「上田先生、お手伝いはこの二件の書類だけですか?」

「論文の入力も手伝って欲しかったんだけど」

「上田先生も院内学会に参加されるんですか?」

「いや。これは個人的な論文だ」

「あっ、もしかして英文ですか？」

「もちろん」

「……申し訳ありません。日本語以外の論文の作成補助は、スキルが無くて……私にはできないんです」

「でも、この前は常勤医の論文の補助をしていたよね？」

「あれは、日本語の院内学会の論文です。外国語の論文に関しては、できかねます。あの、上田先生、もう時間も遅くなりますので……」

莉緒が立ち上がると、上田はチッと舌打ちをして椅子に背を預けた。

「それでは、私はこれで失礼します。お疲れ様でした」

「……」

上田からは感謝の言葉をもらえないばかりか舌打ちをされてしまった。しかし、そんなことは想定内で、態度の悪い医師はいるものだと半ば諦めている。莉緒がパソコンと書類を手に淡々と医局を出て行こうとすると、背後から城戸が追いかけてきた。

「秋山さん、ちょっと」

「はい？」

暗い廊下に二人っきり、城戸の体温さえ感じられそうな距離だ。ドキドキな展開に見えるけれど全然違う。城戸は何か気に入らないことがあるから自分を呼び止めたのだと莉緒は分かっていた。案の定、諭すような口調で忠告を始める。

「病院を遊ぶ相手を探す場所だと勘違いをしている医師もいるから、対応は注意した方がいい。ある程度、自分の身は自分で守れるようにしないとダメだ。君はちょっと危機感なさすぎなんじゃないかな」

「お言葉ですけど、クラークが医師から手伝ってくれと言われたら、拒否することは出来ません。ただ、次回からは同僚に同行してもらうようにします」

私は仕事をしているだけなのにと反発する気持ちはあるけれど、助けてもらったのは確かだ。やはり礼を言わなければ。

「でも、先生が医局に一緒に戻られたので、正直心強かったです。助けて下さったってことですよね？　ありがとうございました」

莉緒はそう言って頭を下げた。

「あ、いや……」

莉緒の率直な言葉に一瞬不意を突かれたのか、城戸は大きく目を見開いた……しかし、何も言わずに莉緒を残し足早に病棟に向かった。

廊下に残された莉緒は、至近距離で目撃した城戸の整ったイケメン顔に驚きを隠せない。メガネを外しボサボサの髪の毛と無精ヒゲさえなければ、女性スタッフが絶対に放っておかないだろう。おまけに、立場の弱い者を助けるために、同僚医師にはっきりと物申すなんて、今時そんな医師は希少だ。

しかし莉緒は、助けてくれた城戸に感激するでもなく、訝《いぶか》しく感じて首を傾げる。

（やっぱり胡散臭い……）

城戸から漂うのは、無精な男性特有のすえた匂いではなくて、爽やかなコロンの香り。小汚そうな外見と釣り合わないのだ。もしかして、あの外見は作り物かもしれない？

「一体、何者？」

非常勤の医師が事務職員を心配するなんて、ほぼないことだ。それにあのメガネに隠された素顔は何⁉　怪しい……絶対に正体を暴いてやる！　莉緒はそう決意したのだった。

それから、莉緒の密かな探偵ごっこが始まった。仕事はしっかりやっている。いや、今まで以上にはかどっている。しかし、明らかに外科外来への出没が多くなった。

城戸が頻繁《ひんぱん》にオペ室に出入りしていると聞き、同期のオペ看護師にも探りを入れた。

「聞いたんだけど……城戸先生ってさあ、なんでオペの途中で出て行くの？」

同期は目を細めて莉緒を見やる。

「秋山～、何を企んでる？」

「いや何も。オペの手伝いも短時間だって聞いたから、城戸先生って謎だなーと思って」

腕を組んで莉緒を見ていた同期は、ニヤッと笑う。

「あ～、もしかして城戸先生のこと、す……」

「ないない。そんなんじゃないってば！」

即座に否定したが、同期は勘違いしたままニヤニヤ笑う。

「しょうがないなぁ……莉緒の初恋を応援してあげるね」

「いや、違うし」

初恋ってなんだよ？　と毒づきながらも、それで情報が手に入るのならどうでも良いかなと思う。勘違いしたままの同期は後からなんとかするとして莉緒は話に耳を傾けた。

聞き取りをした結果、オペを途中で抜け出すという噂は間違いで、新人外科医が執刀する時に第一助手となって丁寧《ていねい》に指導をしているそうだ。オペ室に入る時間が少し遅いというのが事実らしい。若いのに経験豊富なのかな？　と、ちょっとだけ感心する。

「あのね、以前から外科医長や若手が執刀する時とかに、城戸先生は応援に来ていたのよ。私らには目だけしか見えてないから、城戸って聞いて、あっ、あの応援の先生か⁉　って気がついたくらいでさ」

「目だけ？」

「全身、マスクとか色々なものに隠れているからね。見えるのは目だけなのよ」

「あ、そうか」

ガウンやマスク、帽子などでほとんどが隠れている上に、ゴーグルまで装着すれば、人相はほぼわからない。オペ室の面々は、いまだに城戸の容姿の全貌をよく知らないのだと言う。それを聞いて、莉緒はますます城戸を怪しいと感じてしまう。

総務の同期にも聞き込みをしたところ、通勤手段は徒歩らしい。食堂でランチを奢って情報を得たのだが、この同期にも勘違いをされてしまった。

「莉緒にもようやく春が……」

感無量の表情をするので、慌てて否定する。

「いや違うし。ただの興味本位だよ」

「またー！　照れるなよ」

即座に否定したのだが、彼女は聞く耳を持たない。揃いも揃って同期達は、莉緒の乏しい恋愛事情を心配する輩《やから》ばかりなのだ。

病院の近くには大きなマンションや高級住宅地があるので、城戸はその辺りに住んでいるのかもしれない。マンションかな？　と思い、さりげなく尋ねると、そこまでは知らないらしい。

「医師の個人情報は、末端職員には閲覧できないよ」

「そうか……そうだよね」

終業後に病院の屋上から帰宅する城戸を双眼鏡で追ったことがあったのだが、残念ながら高級住宅地で見逃してしまった。ストーカーかよ？　と自分でも呆れている。いや本物のストーカーだ。

2　ヒーロー登場？

遅い昼食を摂っていた莉緒は、思い切って同僚の香織に先日の医局での出来事を話してみることにした。

「あのさ、上田先生って、香織から見てどんな感じ？」

「あー、上田先生ね。私は内科オンリーだけど、莉緒は関わりあるよね」

「うん。最近何かと用事を言い付けられることが多くてさ。ちょっとシンドイんだよね。この前なんか午後七時に医局に呼び出されて手伝いをさせられたし」

「えっ、そうなの？　あのさ、今度手伝えって言われたら主任に相談すると良いよ。というか、二人っきりにはならない方が身のためだと思う」

「えっ、そんなに……？　やっぱり、ヤバイ先生ってこと？」

「やっぱりって、莉緒、何かされたの？」

「ううん。危ないところを、なんとか逃れたっぽい」

莉緒は医局での出来事を香織に話した。個室に呼ばれたが、共同スペースで仕事をして難を逃れたと言い、城戸に助けられたことは言わない方が良いような気がして黙っていた。

「大丈夫だったんだね。良かった……。前さ、外科のクラークが辞めたのを覚えている？　私も詳しくは知らないけど、上田先生にセクハラを受けて、悩んで辞めたみたいなんだ」

「えっ⁉　そうだったの？」

あの時、上田の言う通りに個室に入っていたら、もし城戸がいなかったら……あの日、上田が纏っていた、暗くて気味の悪い雰囲気を思い出して、莉緒は芯からゾッとした。

「秋山さん、午後からの乳腺外来のクラークをお願いできないかな？」

午前の仕事が終了したあと、クラークのスケジュール管理をしている主任から連絡が入った。誰に付くのかと尋ねると、上田医師だと言う。担当のクラークが急に休みを取ったために代わりがいないらしい。もしかして付くのが辛くて休んだのかもしれない……そう思いながらも、莉緒は渋々頷《うなず》いた。外来診療なら昼間だし、看護師もいるので危険はないと判断したのだ。しかし、念のためにスマホをポケットに忍ばせた。いざとなったら録音だけでもしようと思ったのだ。

乳腺外来は三階の一番奥まった場所にある。女性誌を揃えたり、隠れた場所にドリンクコーナーを設置したりと、ナイーブな女性に気を遣ったしつらえになっている。まれに男性も受診することがあるが、やはり数は少ない。乳腺専門医は男女一人ずついて、隔週当番にしている。今週は男性医師の番だ。男性医師は人気がないので、患者は少ないと聞いていた。莉緒が外来に向かうと、すでに看護師がスタンバイしていた。挨拶をすると、緊張した面持ちで上田に付くのは今日が初めてだと言う。

「私も上田先生は初めてなんです。よろしくお願いします」

「そうなんですね。あの……上田先生って……」

看護師の話の途中で、ドアが勢いよく開かれて上田が入ってきた。

「おはようございます」

莉緒と看護師は元気よく挨拶をしたが返事はない。チラッと二人に視線を向けると無言で腰をかける。莉緒が慌てて医師用のパソコンの外来カルテを開くと、まだ誰も受付をしていなかった。人気がないという噂は本当だったのかと心配になる。

「暇だな。秋山さん、コーヒー買ってきて。ブラックでいいから」

上田はそう言うと、莉緒に千円札を差し出す。

「あの、自販機ですか？」

「いや、下のコーヒーショップで。トールのホットでいいから」

「あ、はい」

これから診療が始まるのに、わざわざコーヒーショップにまで買いに行かせなくても……と思ったけれど、我慢する。こんなことはわりと日常茶飯事だ。莉緒は早足に地下のコーヒーショップへ向かい、コーヒーを買って急いで外来に戻る。中に入りカーテンを開くと、上田の足元に看護師がしゃがみ込んでいた。不思議に思いながら、コーヒーとお釣りを手渡す。かがんでいる看護師に声をかけると、胸元を押さえて震えている。

「どうしたんですか？」

「何でもない。気分でも悪くなったんだろう」

看護師の代わりに、上田がパソコンの画面に目を向けたまま答える。莉緒は看護師の肩に手を当てて目で問いかけた。首を振って莉緒を見つめる看護師は涙目だ。絶対におかしい……。

莉緒がパソコンを確認すると、患者が一人受付をしたようだ。

「上田先生、患者さんを呼び込みますか？」

「そうだな……五十四歳ね、オバハンは診たくないけど仕方ないか」

（オバハン？　なんて失礼なことを言うんだろう）

莉緒は耳を疑ったがどうも聞き間違いではなさそうだ。看護師に視線を向けると、涙を拭いて服装を整えている。絶対に何かされたんだ！　莉緒はそう確信したが、今は患者対応が先だ。急いで中待合に出て、患者の名を呼んだ。

触診の後、マンモグラフィー検査のオーダーをして患者を送り出す。医師がパソコンに向かっている間に、莉緒はもう一度看護師に小声で問いかけた。

「大丈夫ですか？　何かあったんですか？」

「何でもないって言っただろう！　君もしつこいな」

上田が声を荒らげて莉緒を睨《にら》みつけた。隣では看護師がビクッと肩を震わせて後退する。上田に怒鳴られて、気持ちが後ろ向きになっていたけれど、高圧的な態度にカチンときた。そういえば……城戸も言っていたっけ、勘違い医師がいるから気を付けなさいと。

香織の忠告もあったことだし、上田は院内で平然とセクハラ行為をしているに違いない。

莉緒は咄嗟《とっさ》の判断で看護師に何度かウインクをして、茶化すような口調で問いかけた。

「やだ、浜田《はまだ》さんったら、セクハラでもされちゃったみたいな顔して～！　上田先生はそんなことしませんよね？」

「えっ？　あ、あの……」

莉緒の言葉にギョッとした看護師は、迷った挙げ句に口を開いた。

「やめて下さいって言ったんですけど、上田先生が『暇だから君の胸を診てやるよ』って言って、いきなり胸元に手を入れてきたんです。私……ビックリして転んじゃったんです」

「え、うそっ！」

（やっぱり！　これって外来看護師長に連絡？　それとも、医局長？　どこに報告しようか……）

莉緒がそこまで思考を巡らせていると、上田が怒声を浴びせてきた。

「そんなことをするわけがないだろう！　バカか君らは、証拠がないんだから言いつけても無駄だぞ！」

上田はこちらを睨み付けて圧力をかけてくる。莉緒と看護師は、手を取り合って診察室の隅っこに後退した。

（怖い！　どうしよう……どうすべき？）

次の患者の受付はまだない。マンモグラフィー検査に向かった患者はしばらく帰ってこないだろう。莉緒は迷った末に、外来看護師長に連絡をする決断をした。

「上田先生、今の話を聞いたからには、外来看護師長に報告する必要があるかと……」

「嘘に決まっているだろう！　失礼な事務員だな、そこのアホ看護師と一緒に首にするぞ！」

逆切れした上田は、立ち上がると部屋を出て行こうとした。その時……ドアを開けて誰かが入ってくる音が聞こえた。

「失礼……上田先生、中待合にまで怒鳴り声が聞こえてていますよ」

なんと！　入って来たのは城戸だった。莉緒は驚きで声も出せない。城戸がズカズカと診察室に侵入してくると、上田が後退さる。莉緒と看護師は手を握り合って、城戸の後ろに走った。

「この二人が失礼なことを言うので叱っていたんです。あの……もう大丈夫ですので」

上田の言い訳を聞いた城戸は、後ろを振り向くと莉緒を見た。莉緒は無意識に首を振って城戸に意思を伝える。なんとなく、城戸が頷いたように見えたのだけど……これからどうなるのだろうか？　莉緒は固唾《かたず》をのんで城戸の発言を待った。

「悪いけど、どちらかが手短に状況を説明してくれる？」

動揺している看護師に代わって、莉緒が説明をすることにした。

「私が上田先生のコーヒーを買いに行っている間に、先生が『暇だから君の胸を診てやるよ』と言って、看護師さんの胸を許可なく触ったと聞きました。看護師さんは泣いていたので、私が上田先生に事情をお聞きしていた……というわけです」

「はい、わかりました。上田先生、今の説明は事実ですか？」

「事実なわけないでしょう！　僕はそんなこと、絶対にしていません。言いがかりです」

上田の言葉に、城戸が頷いた。

「そうですか。秋山さん、今、患者さんは？」

「マンモグラフィー検査に行かれている患者さんだけです。あとは……他に受付をしている患者さんはいらっしゃいません」

「了解。上田先生、外科医長を呼びますので、同行頂いてよろしいですか？」

「えっ、同行って……」

「院内でのハラスメント行為を見逃すことはできません」

「城戸先生、あなたは何の権利があって……しかも、患者の診察の途中なのに！」

上田が喚いている間、城戸は冷静にＰＨＳを操作している。

「後は僕が診ます。……あ、外科医長、城戸です。申し訳ありませんが、乳腺外来に来て頂けますか？　ハラスメント行為を確認したので。あ、はい。……ええ、そうです。お願いします」

それだけで外科医長に話が通じたのか？　城戸はＰＨＳをポケットに入れると、上田を

逃がすまいとするように、腕を組んでドアの前に仁王立ちになった。

思いもよらない展開に、莉緒と看護師はただ驚いていた。

「城戸先生、医師である僕の言葉より、看護師や事務の言葉を信じるんですか⁉　ありえない」

「はい。彼女の言葉を信じます」

上田は城戸に食ってかかったのだが、城戸はびくともしない。その間も、莉緒に検査の終了の確認などをテキパキと指示しながら上田が逃げないように監視している。

やがて外科医長と看護部長がやってきた。外科医長が穏やかな声で上田に声をかける。

「上田先生、話を聞きたいので、ちょっと僕の部屋に行きますか？」

「医長、これは濡れ衣です！　城戸先生に僕を告発する権利はない！」

喚《わめ》く上田の肩をポンポンと叩《たた》くと、外科局長は何事かを小声でささやいた。上田はそれを聞くと、目を剝《む》いて城戸を見遣り、啞然《あぜん》としながら外科医長に従い外来を出て行った。

看護部長は、動揺する看護師に付き添い、そのまま部屋に残った。

「さて……」

城戸は椅子に腰をかけると、おもむろに莉緒に顔を向ける。

「乳腺外来の医師変更をしてくれる？　電子カルテの表示が上田先生のままだから」

「あ、はいっ」

「それから、放射線科に患者さんを迎えに行って。上田先生に急用が出来て城戸に変わりましたと説明もしてね」

「はい」

莉緒が外来を出ようとすると、城戸の話し声が聞こえた。

「じゃあ、セクハラの一部始終を話してもらえるかな？　ちなみに、この部屋での出来事は録画されているから、そのつもりでね」

莉緒は放射線科に向かいながら、内心で喝采《かっさい》を送っていた。感激しすぎて涙が滲《にじ》む。

（こんなことってある？　医師が看護師や事務を助けたんだよ！）

しかし、感激しながらも莉緒は城戸の行動が不思議でもあった。医局で自分を助けた時から上田の悪評を知っていたのだろうか？　それに……。

（録画ってなんなのよ！　最初から上田先生の行動を見張っていたってことなの？　本当に、城戸先生って何者なのよっ⁉）

城戸の采配で、その日の乳腺外来は無事に終了した。そして莉緒と看護師は乳腺外来で起こったことを誰にも言わないようにと、城戸に厳しく口止めをされたのだった。

その後……この出来事は秘密裏に処理されて、上田はひっそりと退職をした。

「それにしても、上田先生の退職って急だったねー。外科のクラーク達も喜びながらも不思議がっていたけど……。ねえ、莉緒が担当した日に何かあったんじゃない？　怒号が聞こえたとか、色々耳に入っているよ」

地獄耳の香織が情報を聞き出そうとするが、莉緒は口止めされているので何も言うことができない。すっとぼけた返事をしてお茶を濁す。

「えっ、怒号？　そうなの？　気がつかなかった。あんまり暇だったから、私もしかして立ったまま居眠りしていたのかなぁ」

（怒号って、きっと上田先生のあの怒鳴り声のことだよね。嫌だなぁ、本当のことは口止めされているから言えないし）

「わははー！　居眠りはダメでしょ。そう言えば上田先生って患者さんにも人気なかったもんね。首も当たり前かな……じゃなくて！　ね～莉緒ってば～、誤魔化《ごま》さないで何があったか吐きなさいよ」

アバウトなようでいて、香織は鋭い。嘘をつきたくはなかったが、莉緒は苦しい言い訳をする。

「あの……さ、上田先生が急に体調が悪くなったんだよ。それで外科医長を呼んで……た、大変だったたんだ」

「じゃあ、城戸先生は外科医長が呼んだの？　代診したんでしょ？」

「うん、まぁ。通りがかりと言うか……」

「歯切れ悪いなー。莉緒らしくないぞ！」

香織は不満げな顔を向けるが、莉緒はその詮索をかわすだけで精一杯だった。しかしその苦労の甲斐もなく、噂は様々な尾ひれがついて徐々に院内に広がっていったのだった。

医局の花見が予定されていた四月の初め、莉緒は城戸に院内メールで呼び出された。

「例の件で話があります。午後五時に十二番診察室に来て下さい」

一見、丁寧な文章に見える。しかし、そのメールを読んだ時、莉緒の背を冷たい汗が伝ったのは言うまでもない。なにせ、荒ぶる上田をやり込めた時の城戸には威厳と迫力があって、莉緒は畏敬《いけい》の念さえ覚えたくらいだったのだから。昼食の前にメールを読んだものだから、昼食はおろか食後のオヤツも喉を通らず、香織に体調を心配されたくらいガクブル状態だった。

午後は外来診療がないので、莉緒はいつも十一番診察室で書類仕事をしていた。しかし今日は隣の部屋に城戸が来るのかと思うと落ち着かなくて、午後からは外来棟二階の一番端にある診察室にノートパソコンを持って向かった。たまにドクターが仮眠室代わりにするのでクラークは遠慮して使っていない部屋だ。誰かが使うときにはドアノブに使用中のプレートが掛けられているのだが、ラッキーにも今日は無人だった。そこでしばらく仕事をしていたが、外科のドクターから呼び出しがかかり急いで医局に向かった。

「おう、秋山くん、これ頼む」

医局では、待ち構えていた外科医長が莉緒に書類の山を差し出す。

「先生……また溜《た》めていたんですか？」

「人聞き悪いなあ。ちょっと忙しかったんだよ。それより、秋山くんは医局の花見に参加しないのか？」

「しませんよ。お酒に弱いし、寒いし、医長に絡まれるし」

「えっ、俺のこと？　ひどいなぁ……せっかく若手のイケメンを紹介しようと思ったのに」

「ありがたく辞退します。それでは！」

お節介な親戚のおばさんみたいな医長の誘いをすげなく断り、さっさと医局を飛び出して外来棟に向かった。これから書類のチェックやスキャンをして各部署の担当ごとに渡さなければならない。ドアノブに手を伸ばすと、なんと！　使用中のプレートが掛けられているではないか！

（困ったなぁ）

仕方なく、こっそりと隣の部屋に入って待つことにした。電気はついていないが、ここも医師が暗い中で籠って仕事をしているときがあるので、音を立てずに覗くと……ありがたいことに誰もいなかった。隣の使用中の部屋とはドアで繋《つな》がっているので、静かに書類のチェックをしながら待つことにしたのだが……隣の部屋からは人の話し声が聞こえて、気が散ってしかたがない。

悪いとは思いつつ、詮索欲に負けて聞き耳を立てる。声が小さくて低いので聞き取りにくかったが、脳外科の田中《たなか》医師の声に似ている。田中医師は副院長で、病院のナンバー2

なのだが、何かと悪い噂の絶えない人物だ。しかし、仕事のできる医師であり、同県の大学病院に顔がきくので重要視されている。

「……で、彼はどうなったんです？」

田中と話しているのは、内科の小和田《おわだ》医師のようだ。意外な組み合わせに莉緒は驚いた。そういえば彼らは同窓で年も近い。

（仲がいいなんて知らなかったなぁ）

「それが、消え……バレないように、彼をさ……」

よく聞き取れないが、なんとなく不穏な雰囲気が感じられる。これはスクープを拾うかもしれない。しかし盗み聞きが見つかれば、ただでは済まないだろう。莉緒は今のうちに逃げておこうと、書類の束を手に部屋を抜け出した。


その日の終業後、恐る恐る指定された部屋に向かいドアをノックすると、不機嫌そうな低音が返ってくる。

「どうぞ」

「……失礼します」

莉緒がドアを少しだけ開けて中を覗き込むと、開け放たれたカーテンの向こうに、城戸が腕を組んで椅子に腰をかけていた。モフモフな髪の毛と髭面《ひげづら》が、今日は凶悪犯みたいに見える。

（こっ、こわい……）

一気に高まった緊張感を必死になだめて部屋に足を踏み入れる。丸椅子を勧められて腰をかけたが、気分はまるで尋問される容疑者のようだ。

「あの……」

おずおずと声をかけると、城戸がいきなり切り込んできた。

「俺が何やら上田先生の件で大活躍したと噂になっているんだけど、秋山さんがバラしたの？」

「ええっ⁉　まさか。誰にも話してないです」

「本当に？」

「本当です。色々聞かれたけど……上田先生が体調不良になって城戸先生が代診されたってことしか話してないです」

「嘘をついていないだろうね？」

「はいっ！」

こちらを凝視する城戸に、莉緒も強い視線を向ける。なんだか天敵同士の睨み合いみたいで嫌だ。室内にピリピリとした緊張感が満ちて今にも爆発しそうだ。莉緒は沈黙に耐えられなくなり、出口を見つけるために城戸に疑問をぶつけた。

「でも先生、ある意味では良いことをしたのに口止めするのはなぜですか？　私は絶対に言いふらしたりしていませんがそこは腑《ふ》に落ちないんです」

「なにそれ、逆ギレ？」

半笑いで返されて、莉緒はキッと城戸に視線を向ける。

「ちゃんと答えてください。というか城戸先生って、中身と外見にギャップがありすぎるのが変です！　絶対に何か隠している気がします」

「はぁ？」

（あ……私、言っちゃった）

自分の口が信じられない。とうとう以前から思っていたことを当人に言ってしまった。

（どうしよう……）

莉緒が自分の放った言葉に早くも後悔していると、こちらを見る城戸の目がキラリと光った。そして、楽しそうにニッと笑った。

まるで、眠っていた獅子が一瞬で覚醒したみたいだ。その表情の変化を見て、莉緒の背筋に震えが走った。腰をかけているにも関わらず膝が震えだす。

（な、なにこの人……、全然モッサリしてないよ。もしかして逆にキレッキレなんじゃないの？）

城戸が身を乗り出して莉緒に顔を近づける。

「じゃあ聞くけど、ギャップって何？　変ってどこが？　詳細に説明して。併せて、その根拠を言ってほしいんだけど」

捲《まく》し立てられて、莉緒は丸椅子の上で縮こまる。詳細な説明と根拠など、事前に用意をしていないのに答えられるわけがない。しかし、ここで真摯に答えなければ、城戸は許してくれないだろう。莉緒は意を決して白状することにした。

一旦栓を抜いてしまえば、今までずっと気になっていたあれこれが、次々と口から出てくる。後が怖いのはわかっているのに止まらない。

「そ、それは……すごく優秀な先生だという噂だったのに、週一しか診療されないから、どうしてだろうと思ったからです。それに赴任したばかりの非常勤医師なのに、やたらと病院の内部に詳しいし、騒動が起こったらいち早く駆けつけて、ちゃっかり活躍しているし」

「非常勤なのは、まだ前の病院の仕事が残っていて両方の病院の診療を兼任しているからだよ。東京と地元を往復するのって、新幹線でも割と大変なんだ。内部に詳しいのは、外科医長とは以前からの知り合いで、ちょくちょくオペ応援に来ていたから。いずれは常勤医になる予定だし、あの騒動に出くわしたのは……偶然」

「偶然？　本当に？」

「……本当だよ。で、ギャップ云々って何？」

ソコは許してくれないのだ。莉緒は遠い目になりながらも口を開く。

「だって、結構イケメンなのに、わざとモッサリ風に作ってい……ませんか？　髭や長髪は素顔を隠すためだったりして？」

断言できずに、問いかけになってしまった。でも、この男は絶対に擬態していると思うのだ。

「結構イケメン……？　ふーん、それはどうも。一応褒《ほ》めてもらったのかな」

「ぐっ」

話を逸《そ》らされて、悔しさのあまりに唇を噛《か》んで城戸を睨みつける。こんな仕草は同僚にさえもしたことがないのに。ましてや、医師を睨みつけるなんて自殺行為だ。そんな莉緒を、城戸は薄く笑って見下ろしている。

「外見をわざと汚く見せているわけではないけど、伸びた髪の毛と髭を切らないのには理由がある。それにしても、秋山さんの詮索欲には本当、感心しているよ」

「先生、それは嫌みですか？」

「嫌み？　いや違う。それより聞きたいんだけど」

「はい？」

「どうして、俺の詮索をする？　わりと色々聞き回っているだろう？」

「そ、それは……」

バレていた。すっかりお見通しだったのだ！　莉緒は、自分がかなり追い込まれていることにようやく気がついた。自分の素性を嗅ぎ回られたら誰だっていい気はしない。莉緒の頭に、『失職』の文字が浮かぶ。理由は、医師へのストーカー行為？

（どうしよう、こんな理由で首になったら、どこにも就職できなくなっちゃう）

もうヤケクソだ。首にされるくらいなら、好き勝手に言ってやろうじゃないの！　莉緒は追い込まれているというのに、こんなにも自分が剛気だったのかと次第に笑えてきた。

　覚悟は決まった。莉緒はおもむろに立ち上がると、まっすぐ城戸を見て言葉を放った。

「最初は直感で胡散臭いって思ったんです。だから観察していました。それから、見た目と中身が違いすぎるのが気になって……確かに最初は興味本位だったんですけど、今は純粋に知りたいと思っています」

「何故？」

　気がつくと、城戸も立ち上がって莉緒の間近にまで迫っていた。何故？　と聞かれて、莉緒は口ごもる。

（本当だ。私……何でそんなに知りたいんだろう？）

「わかりません。も、もしかして、私は前世で探偵だったりして⁉」

　莉緒はギブアップしてヘラっと笑った。もう煮るなり焼くなり好きにしてくれれば良い。両手のひらで、近すぎる城戸の白衣の胸のあたりを軽く押した。

「せ、先生、ちょっと近いです」

　睨み合っていた城戸の表情がフッと和らぎ、ホッとしたのも束の間、莉緒はありえない提案をされる。

「じゃあさ。その特技、俺のために使ってみない？」

「は？」

3　城戸の正体

「だ・か・ら。前世は探偵なんだろう？　ストーカー行為を許してやるから、その代わりに俺の手足になって秘密の仕事をしないか？」

いや、前世の話は戯言《ざれごと》ですから！　と叫びそうになって我に返る。そんな戯言を城戸が信じるはずがないではないか！　問題は秘密の仕事だ。莉緒は咄嗟《とっさ》に頭に浮かんだワードを口にしていた。

「枕営業ならお断りですっ！」

「おいおい、君の思考回路はどうなっているんだ？　枕のまの字も知らないくせに、まったく……」

城戸が呆《あき》れ顔で莉緒を見る。はあーっとため息をつき、モサモサの髪の毛をガシガシと掻《か》きながら椅子に腰をかけた。

「ふざけるのは止めて、真面目な話をしないか？」

これでも十分真面目だったのだが……胡散臭い城戸から仕事を振られるなんて、絶対に面倒な案件に違いない。莉緒は逃げるに限ると思い、気づかれないようにそろそろと後退《あとず》さりドアの前のカーテンに手をかけた。それを見た城戸はすかさず止めにかかる。

「逃げるなよ」

「に、にげません……。あの、秘密の仕事って何ですか？」

また、『はぁ』とため息を付くと、城戸は説明を始めた。

「セクハラ医師を捕まえた時みたいに、俺に協力して病院の『恥部』や『悪』を探り是正するって仕事。あ、もちろんクラーク業務の合間にするんだよ。誰にもバレずに」

「えっ……むずい」

「ふん」

莉緒の呟きを城戸が鼻で笑った。

「何言ってるんだ、お茶の子さいさいのくせに。秋山莉緒、お前がどれだけ仕事好きかは、とっくに情報収集をして知ってんだよ」

「そんなこと、どこから収集を……？」

「秘密」

「嫌ですそんな仕事。恥部や悪を探るって、まるで裏切者のすることじゃないですか。しかもどうして城戸先生がそんなスパイみたいなマネをしているんですか？　あっ、もしかして……病院の乗っ取りっ？」

莉緒の突飛な想像に城戸は薄笑いを浮かべている。すでに呆れて笑うしかないという顔つきだ。

「あのな、妄想走らせすぎだろ。人選を誤ったかと心配になるじゃないか。……何で息子が親父の病院を乗っ取らなきゃいけないんだ」

「むすこ……誰が誰の？」

「俺の親父は井出康介《いでこうすけ》だよ。この病院の院長。これでわかった？」

「え、名字違うし。ええっ……息子っ⁉」

いきなり目が覚めたみたいに、莉緒はカーテンから手を離して城戸に近づいた。院長に似ているところがあるのか、この目で確かめたいと思ったのだ。

超至近距離で自分をガン見する莉緒を、城戸は苦笑いを浮かべて受け止めた。

「強いて言えば、目と鼻が似ていると友人に言われる。おい、いいかげんに離れろ。でないとキスするぞ」

「嫌あぁっ！」

思いっきり跳び退いて、椅子につまずいてこけそうになった。城戸は乾いた笑いを浮かべて頭を掻く。

「そこまで嫌がられると傷つくなあ」

「セクハラ」

「今度は俺がセクハラ野郎かよ？　おい、俺のスパイ容疑は晴れたのか？」

「すみません、妙なことを言って。スパイじゃなくて孝行息子だったたってことですよね」

「いや、そこまで良い子じゃない。お前、極端な奴だなあ」

　いつの間にか『君』から『お前』呼ばわりされているのだが、城戸の口の悪さはわりとクセになるというか嫌な気持ちにならないので、莉緒はすんなりと受け入れてしまっている。それにしても今日まであんなに用心深く鳴りを潜めていたくせに、この態度のデカさは何？　と、莉緒はちょっとだけ憎まれ口を叩いてみたくなった。

「城戸先生って……」

「なんだ？」

「思うんですけど、普通に院長の息子ですってカミングアウトしたらどうですか？　その上で、私を正式に専任クラークにすれば良いじゃないですか」

「……今はカミングアウトしない方がいいんだ。色々と事情があるんだよ」

「そうなんですか？」

「ああ」

　事情って何？　と聞きたかったのだが一言で終わってしまいそれ以上は話す気がないみたいだ。しかし、これから城戸にこき使われる運命……じゃなかった、手足となって働くのだから、質問にはちゃんと答えてほしいものだ。

「あの、聞いて良いですか？」

「名字のことか？」

　莉緒がぎこちなくうなずくと、城戸は淡々と家族の事情を語った。

「おふくろは、親父と知り合う前から家業を継いで会社経営をしていたから、苗字を変えたくなかったらしい。入籍しないで事実婚のまま井出家に嫁入りしたから、当時は大変だったんだ。おまけに姑とウマが合わなくて、俺が六歳のときに、とうとう俺を連れて井出家を飛び出した。ぶっちゃけ親父は捨てられたわけだ。入籍したくないとか、俺を連れて家出するとか……まあ我儘《わがまま》な嫁だったってことだ。未だにバリバリ仕事をしているが、社員は大変だよ。その後親父は誰とも結婚せず、今もお袋とは仲が良い。男と女の関係はどうも……分からん。ちなみに、俺と親父との親子関係は良好だ」

「へえ……なんだか、すごいですね」

城戸の母は、世間体など気にしない奔放なタイプの女性のようだ。

「おい、いいかげんにOKしろよ。ここまで聞いといて協力しないと、本気で首にするからな」

「今度はパワハラですか？」

「頼むよ。報酬ははずむ」

「え？　報酬って……」

病院のために働いて欲しいと言うのだから、ボランティアだと思っていた。本気で驚いた莉緒に、城戸がツッコむ。

「もしかして、タダ働きをさせられると思っていたのか？」

「ボランティアかと。でもそれで渋っていたわけではないんです。むしろ正しいことのためなんですから、お金をもらうのは抵抗があります」

　城戸が腕を組んでこちらをジッと見つめている。何を考えているのか読めない表情だと莉緒は思った。

「それでは俺の気持ちが済まない。なら、手伝いをしてもらうときには、残業という認識で動いてくれるか？　残業代は俺が別途支払う」

「残業代って、別に……」

『別に良いのに』と言いかけてハッとする。結局城戸の粘り強い説得に屈しているではないか！

「じゃあOKだな」

　手をパチンと叩いてほくそ笑む。莉緒は地団駄を踏みたい衝動を抑えて俯《うつむ》いた。視線の先には、窮屈そうなストッキングに包まれた自分の足と、城戸のサンダル履きの足がある。

　城戸のサンダルは汚れていると思い込んでいたら、意外にも上質なレザーで履き心地が良さそうに見える。かたや莉緒のサンダルは黒いビニール製だ。なんだか足元からして負けているように思えて、敗北感に包まれる。

（私ったら、馬鹿……自分から、ただ同然で面倒くさい仕事を引き受けるなんて）

　城戸の素性が分かってから数日後、莉緒は院内メールで城戸から指令を受け取った。それには、今週の土曜日に例の案件について話し合いをするので、病院の問題点をまとめておくようにとあった。当日、紹介する人物もいるとのことで、院長宅に来るようにと書かれていた。

土曜日、莉緒は城戸の言うとおり、知らされた住所に地図アプリを頼りに向かう。

辿り着いた場所は病院に近い高級住宅街の一角で、門扉には『井出』と記されてあった。

（院長の息子って、本当だったんだ）

嘘をつくわけがないのだが、少しだけ疑っていたのも事実だ。恐る恐るベルを鳴らすと、上品な女性が重厚な玄関ドアを開けて出てきた。エプロンをしているので、もしかして城戸の母親かと一瞬思ったが、独身で仕事をバリバリこなしている雰囲気に合致しないので、家政婦さんかもしれないと思い直す。

「こ、こんにちは。秋山と申します。城戸先生に呼ばれて参りました」

「秋山様、いらっしゃいませ。お待ちしておりました」

迎え入れられてキョロキョロと辺りを見回す。もしかして裏口から入れと言われるのかと恐れていたのだが、そんな時代錯誤《さくご》な対応をされずに安心した。

「よお」

ノソっと城戸が姿を見せる。いつものモサモサな髪型だけれど、服装が白衣ではないので別人みたいだ。髪の毛をおしゃれにカットして口のまわりの髭を剃《そ》ったら、見違えるほどのイケメンになるのにと残念で仕方がない。

「こっちだ」

長い廊下を案内されて進む。自分が生贄《いけにえ》の羊のように感じる。それにしても広い家で、お屋敷と呼んだ方がぴったりな気がする。高い塀に阻まれて外からは安易に中をうかがえないが、入ってみると外の喧騒は全く耳に入らなくなる。苔むした中庭には簡素なしつらえの小屋が建てられている。趣深い雰囲気だな……と感じて、ハッと気が付く。あれは小屋なんかじゃなくて、『茶室』に違いない。莉緒はマッチ箱みたいな故郷の実家と井出邸を比較して、何だか笑えてきた。

（中庭に茶室がある家って、どういうこと？）

背後から妙な波動でも感じたのか、城戸がふいに振り向いた。

「なんだ、どうした？」

「あ、いえ。……本当に院長の息子さんなんですね」

感慨深げに呟くと軽く頭をどつかれた。

「……ったりまえ」

巻き舌で凄まれてムッとするも、どこかワクワクする気持ちを抑えきれない。城戸に好き勝手に使われることを嫌がっていたのに、今ではこれから何が始まるのだろう？　などと、想像が膨らんで軽く武者振いする。

それにしても、城戸の口調がぞんざいなのが気になる。気を許しているのだろうが、軽く扱われている気がしないでもない。

しかし、これから始まる悪だくみ……じゃなかった、院内掃討作戦が俄然《がぜん》楽しみになってきた。莉緒は仕事が大好きなだけに、指令を与えられると『はい喜んで！』と、動いてしまうのだ。

応接間に案内されると、ビロードのクラシックなソファーに知らない男性が座っていた。

「いらっしゃい、秋山莉緒ちゃん」

教えてもいないのにフルネームで呼ばれて、莉緒は後退さる。

（なんだかキモい。しかも莉緒ちゃんって……）

おしゃれな服装で爽やか系イケメンに見えるが、性格に癖のありそうな匂いがプンプンする。

「前川《まえかわ》だ。前川総合病院の長男で循環器科医。協力者だから、顔見せに呼んだ」

「よろしくねー。前川大輔《だいすけ》です。大ちゃんって呼んで」

「あ、秋山です。よろしくお願いします。前川先生」

前川は莉緒の塩対応にクスッと笑うと、城戸を肘で突く。

「莉緒ちゃんって、ツンデレ系？」

「九割ツンで、あとはヘタレだな。仕事はできるが」

「せ、先生！」

好き勝手なことを言ってくれる。聞くと、前川は近隣の県にある総合病院の後継者で、城戸の学生時代からの友人らしい。先程迎え入れてくれた女性が用意してくれた紅茶とケーキを頂いて一息つくと、おもむろに城戸が口を開いた。

「さて、秋山の活躍もあってセクハラ上田は追い払ったんだが、ほかにも面倒な案件が多数ある」

あ、いきなりなんですね？　と莉緒は目を剝《む》く。

「他のセクハラ疑惑は……まぁお互い様な感がなきにしもあらずなので無視。秋山、ウチの残念エピソードがあれば聞くぞ」

気乗りはしないが、色々あるのは確かだ。

「今、言ってもいいんですか？」

「そのための会合だから、どうぞ」

「はい」

城戸の命令通りに、長年聞き及んできた病院の残念エピソードを箇条書きにしていたので、コピーを二人に渡す。

問題は、患者から病院スタッフへの付け届けとスタッフのサービス残業。休憩室の悪環境。そして、職員証の問題などなどだ。

「職員証の問題とは何だ？」

城戸が首を傾げて問いかける。

「顔写真付きの職員証を身につけているのですが、女性職員がＳＮＳで名前を晒《さら》されて攻撃を受けたという事案です。こういうことは割とありまして、病院の評価サイトでも実名を晒されて非難されたり、先生方も経験あるかもしれませんが、患者さんからストーカーっぽい行為を受けたりするケースもあります」

　ストーカーというワードに城戸が反応してこちらに視線を向けるので、若干気まずい気分になる。

「俺はないが、前川はあったな？」

「あったねー。ウチの弁護士に連絡して瞬殺したけど」

　瞬殺なんて怖いことを言うものだと、莉緒は冷や汗が出て来そうだ。

「で、職員証のフルネームを止めて欲しいのか？」

　城戸が率直に尋ねてくる。話が早いと感心しつつ莉緒が頷くと、城戸は首を振った。

「職員証は患者に見せるという目的もあるが、職員間での認識のためとカードリーダーの役割が強い。院内をゾーン分けして、それぞれが職務上利用可能な場所に進入できるように分けているから、職員証自体廃止はできない。それよりは……患者や外部からの嫌がらせなどがあったら、すぐに所属長に相談できるような仕組みにするか。病院専属の弁護士に手を打ってもらうようにすれば良い。では次は付け届けの件だな……」

「ウチでも普通にあるよ。高価な贈り物やお金以外なら僕は受け取るなぁ。こういうのは個人病院では避けられないことかもね。公共の医療機関でもコッソリ受け取る医師もいるみたいだし」

　前川の言葉に、そんなものなのかもしれないと莉緒は頷いてしまう。

「お金は別として、患者さんは悪気があって下さるんじゃないので断りにくいです。よくしてくれたからとか、疲れた時にどうぞ、なんて言ってわざわざ買ってきてくれたお菓子や飲料を突っ返すことは申し訳なくて……」

「うん」

城戸がうなずく。今日はメガネを外しているので、涼やかな瞳が眩《まぶ》しい。しかし、顔に見惚《みと》れている場合ではない。こんな話を真剣に聞いてくれる医師なんて、未だかつて見たことも聞いたこともない。直属の上司にしても、くだらないと相手にしてくれなかった案件だ。莉緒は押しつけられた仕事であるにもかかわらず、涙が出るほど嬉しいと思う。

「ただ、物を貰《もら》うとその相手に忖度《そんたく》した方が良いのか……と気を遣うかもしれません。それがやはり『悪』だと思うんです。病院として、受け取らないという意思表示が必要だと思います」

「うん」

「それでも断りきれない時には、皆に食べてもらう場を作るのはどうでしょうか？」

「場？」

「たとえば、スタッフ専用の広い休憩所を作って、そこに貰った物を置いて全員で頂いたらどうでしょうか？　もちろんすぐになくなると思うんですけど、足りなくなれば、病院がお金を出して総務がお菓子を準備するとか……院長先生や城戸先生のお給料からほんの数%を寄付して頂くとか……図々しいですか？　それで、休憩室の悪環境問題も一緒に解消できるかもしれないのですが」

「いや、病院業務は肉体労働だからな。甘いものは欲しいだろう」

お菓子代の寄付云々は莉緒の大いなる願望だ。残業で疲れた時に、温かい飲み物と一緒に食べられたら、しかもそれが病院のトップからの贈りものならめちゃくちゃ嬉しいと思う。それを、うんわかったと軽く受け入れるが、城戸は本当に理解しているのだろうか？

少し心配になりながらも、提案を認められた嬉しさが勝ってしまう。

「それで二つの問題が解決するってことか？」

「……全部が解決ではないですけど」

「と言うと？」

「それは、その……」

口籠る莉緒に城戸が軽く頷いた。

「大丈夫だ。何を言ってもここでの話が漏れることはない。前川は信用できる。……もちろん、俺も信用してほしい。秋山に危害が及ぶことは絶対にない」

城戸が莉緒に視線を向けて柔らかく微笑んだ。前川もこの時ばかりは真剣な表情で頷く。莉緒は密かに噂になっていた問題を城戸に話す決心をした。

「自分の首と引き換えに話すようなことでもないのですが……」

「秋山を絶対に首にはしないから言ってみてくれ」

「どこでもあるんでしょうけど、あるドクターに黒い噂が絶えなくて、その……」

「副院長の田中医師のことか？」

言いにくかった名前をさらりと口にされて、莉緒は驚きで目を見張った。

「知っていたんですか？」

「知っているよ。今、密かに証拠を集めている。彼は要注意人物だ。しかも、院内で力がある」

「し、証拠？　城戸先生は一体何を……？」

慄く莉緒に、城戸は笑顔で言う。

「秋山はそれを知らない方がいい。今はな」

自分は何に巻き込まれているのだろうか？　城戸の口車に乗ったのは間違いだったのか？　莉緒は気持ちを落ち着かせようとお茶に手を伸ばしたが、手が震えて持つのを躊躇《ためら》った。

「莉緒ちゃん、ほら」

前川が立ち上がり、皿ごとティーカップを莉緒に差し出しながらにっこりと笑う。

「城戸ぉー、いきなり怖いことを言うから、莉緒ちゃんがびっくりしたじゃないか。莉緒ちゃん、心配しなくても良いよ。大ごとにはならないからね」

そう言って莉緒の肩を叩く。前川の馴れ馴れしい態度にも莉緒は突っ込むことができない。

「すまん、田中先生のことは忘れてくれ。他に残念エピソードはないか？」

「残念ながら、あります」

「聞こう」

「例の先生ほど深刻ではないのですが、外科系のあるDr.の場合は、一手術につき五万円を患者さんが包むと格段に待遇が良くなるとか……まことしやかにささやかれています」

「マジか？」

城戸が顔をしかめると、前川がヒューと口笛を吹く。

「何それ、昭和？」

「いや、昭和でもそれはないですよ」

莉緒が突っ込むと、「そうでもないよ」と城戸が言う。

「親父に聞いたことがある。患者から封筒を渡されて、手紙かと思い受け取ったら中に小切手があり、笑えない金額が書かれていたって。すぐに返しに行くと、受け取ってくれないんですかって泣かれたってさ」

「え、何それ。で、院長先生はどうされたんですか？」

「説得して返したって。こんなことをしなくても貴方は僕の大切な患者さんですって。それに、病気の相談事やこんなに良くなりましたって手紙をくれた方が嬉しいと言ったそうだ」

院長の人柄がしのばれる良い話だと思った。そういえば、病院の投書箱には、院長あての手紙がよく入っていると聞いたことがある。

「医師の鑑《かがみ》だね。僕の親父なら、喜んで小切手を受け取っちゃうかも。城戸は、親父さんを超えるのって難しいかもね～」

「お前、どさくさ紛れに俺にプレッシャーを与えてどうすんの？」

「それ……使えませんか？」

莉緒の発言に城戸が顔を向ける。

「それって、どれ？」

「手紙です。『品物よりも、患者さんの言葉がスタッフを幸せにします』とか、『言葉や笑顔が、スタッフへの一番のご褒美です』とか……患者さんとスタッフ双方に伝わる言葉やイラストで、付け届けは贈らない・受け取らないというメッセージを発信したらどうでしょうか？」

「院内ポスター？　ちょっとそれ、成功したらウチの病院でも使わせてよ」

前川が莉緒に続いて発言をする。

「良いかもな。どこかのプロに作ってもらうか」

決断の早さに、城戸の本気を見た。莉緒は、このアイディアが他にもいい意味で波及しないだろうかと可能性を探る。そこで、ふと思いついたことを城戸に伝えた。

「先生、季節ごとの病院通信ってご存じですか？　総務で作っている五ページほどの院内誌なんですけど」

「知っている」

「あれに、スタッフや患者さんに一番褒められた人を職種ごとに表彰したらどうでしょう？　やりすぎですか？　素晴らしい仕事をした人や同僚を幸せな気持ちにしてくれる人を、アンケート用紙に書いて投書してもらうんです」

「それは、ポスターのメッセージが浸透した後からでも良いんじゃないか？」

「……そ、そうですね」

莉緒はちょっとだけ残念そうに頷いた。城戸はそれを見逃さない。

「何だ。そんなにやりたいのか？」

「うーん。私思うんですけど」

「なんだ」

「仕事って、お給料をもらっているからできて当たり前だと思われがちですけど、本当はよく頑張ったねって褒めてもらったら嬉しいと思うんです。だから、優劣を競うわけじゃないけど、肯定的な投書って最高だなって……。実は就職するときに、院長先生に言われて印象に残った言葉があるんですけど……」

「親父の？」

「はい。あの、言っても良いですか？」

「教えてくれ」

「辞令を渡された後で言われたんです。『皆さんの仕事は究極の接客業です。患者さんにとってベストな対応を常に心がけてください。しかし、もし患者さんから誤解されてお叱りを受けたとしたら、その時は僕が皆さんを守ります。滅私の心で務めていれば、患者さんもいつかは分かってくださるはずです』って、言ってくださったんです。これ言われちゃうと、すごく安心して仕事ができるなぁって思ったんです。ありがたいことに、院長先生に迷惑をかける案件は未だ発生していませんけど……」

「うわ。城戸の親父さんって男前！」

前川の言葉に城戸がクスッと笑った。

「秋山がまだ入社したてで、可愛かったから親父のやつ言ったんじゃない？　ま、でも分かるよ、秋山の言いたいことは。俺も肝に銘じるよ」

「先生、可愛いは良いですけど、その前の『まだ』ってなんですか？　まるで私が『もう』可愛くないみたいな」

「ぶぶっ」

前川が吹くと、城戸は呆れ顔で言う。

「お前さ、可愛いより、いい奴とか仕事できるって言葉の方が好きなんじゃねえの？」

「し、知りません！」

城戸は女心を知らない朴念仁《ぼくねんじん》だと莉緒は思った。どんな年齢になろうと、心からの『かわいい』という言葉は女性を幸せにするものだというのに……。

「オタクら仲良いね」

「よくない」

「ないですっ！」

一通り話し合った後は、後日城戸がコンサルタントや弁護士を交えて話をすることになった。莉緒はこれでお役御免になるのだと思いホッとしたが、その反面ちょっと寂しいと感じてしまう。

「先生、これで私の仕事は終わりですね」

帰り際にそう言うと、呆れ顔でおデコをどつかれた。

「あほか？　これが始まり。お前、これで解放してもらえると思っていたのか？　泣くほど仕事させてやるから楽しみにしていろ」

「た、楽しみにしていません」

「心にもないこと言うなよ」

会合の帰り際、城戸から通信アプリで友達登録をされた（なぜか前川もグループに入っている）。

「用がある時は連絡をするから読んどけよ」

前川と莉緒に偉そうに言い放つ。莉緒はキッと睨むが、前川は慣れているのか「オッケー」などと楽しそうに答えている。玄関を出てから広い庭を歩きつつ、莉緒は前川に尋ねた。

「城戸先生はいつもあんなに態度が大きいんですか？」

「出会った時からあんな調子。でも、気遣いのできるジャイアンだよ。あ、おまけにめちゃくちゃ賢いジャイアンでもある」

「ジャイアン……」

確かにそうかもしれない。

「莉緒ちゃん、家は近く?」

「いいえ。バスで二駅の場所です」

「送ろうか?」

前川からは男性的な匂いがまるでしない。悪い人でもなさそうなので送ってもらおうかと考えていると、背後から声かかかる。

「秋山は俺が送る。おい、前川の車に乗ると妊娠するぞ」

「は?」

「城戸ぉ、それひどくない?」

「いや、お前には前科が……」

「いやないし! 莉緒ちゃん、嘘だよ。城戸お前さー」

妊娠のフレーズに前川が妙に慌てるので案外嘘ではないかもしれないと思い、莉緒はさっさと前川から距離を置く。

「じゃあ、城戸先生のお言葉に甘えて」

「あ、莉緒ちゃん、ヒドイ」

前川をド無視して城戸に付いていくと、駐車場に真っ赤な高級外車と小さくて可愛い車が駐まっていた。城戸の愛車は小さい方だと言う。医者で、院長の息子なら高級車に乗っていると思い込んでいたので、すごく意外だった。

「可愛い車ですね。しかも人気のペールブルー」

「お袋のお古だよ。俺の車はお袋に奪われた」

「えっ」

「長距離の出張をするから、安全な車を譲れと言われて仕方なく」

「へえ、お母さん思いなんですね」

「いや、脅されて」

城戸ジャイアンの弱点は母親だったのか⁉　すごーく意外だ。しかも単に母親が強いだけで、マザコンではなさそうなところが面白い。一度その母を拝んでみたいものだと莉緒は思った。

「先生のお母様って面白そうですね。一度お目にかかりたいです」

莉緒がそう言うと、城戸は目を剝いて慄《おのの》く。

「秋山、お前……勇気があるな」

「は？」

翌週……昼休みにスマホをチェックしたら、城戸から何件も連絡が入っていて莉緒はドン引きした。

『ポスター、広告会社に発注する』

『話し合いに参加しろ』

『週末くらいに親父の家に集合。残業代は出す』

とまあこんな具合だ。

報酬はいらないと言ったくせに、残業代に心惹かれるのはいかがなものか？　賄賂《わいろ》撲滅作戦のためなのに、我が身の卑《いや》しさにちょっとだけ落ち込む。

『OKです』

真面目な莉緒はきちんと読んで返事をした。スタンプはなし、要点をまとめた無駄のない文章は互いの性格を物語っている。かたや前川は、スタンプ連発、無駄な呟き多数。陽気な性格が全開で、これはこれで楽しい。彼はある意味部外者なので、呑気なものだ。

『前川も来る』

『金曜午後七時親父の家に集合』

しかし、これだけ愛想のないメッセージも珍しい。読んでため息が出る。なんだか、電報みたいだ。すると前川からのコメントが表示された。

『りおたん、お土産なにがよい？』

こちらは女子みたいな文章だ。

『高価で上品な甘さの洋菓子』

無理目な要望を送ると快諾された。

『らじゃ』

「ふふふっ」

莉緒がスマホをタップしながら笑うと、向かい合っていた香織が首を傾げる。

「ねえ莉緒、もしかして彼氏出来た？」

ギョッとして顔をあげると、ニヤニヤと笑ってこちらを見ている。

「まさか！」

即答するが、香織は細目で莉緒を探っている。完全に疑っているようだ。

「できたら言ってよね。莉緒に彼氏を作る会を解散するから」

「なにそれ、私に無断でそんな会」

「心配するなよ～。まだ会員は三人だから」

「どなたさんが会員か知りませんけど、当人は解散を要求します！」


金曜の午後七時少し前、莉緒は城戸の家に向かった。今度は二度目なので道にも慣れてきた。ドアを開けてくれたのは前回と同じ女性だ。

「いらっしゃいませ。聡介さまが中でお待ちです」

そう言って莉緒と入れ違いに出ていく。不思議そうな面持ちの莉緒に、女性は笑いかけ理由を説明してくれる。

「私はお屋敷の離れに住まわせて頂いておりますが、これから用があり出かけるところでございます」

「あ、そうなんですか。お疲れ様です。いってらっしゃいませ」

莉緒がそう答えると、女性はニッコリ笑って出て行った。年齢は五十歳前後というところだろうか、上品で奥ゆかしい雰囲気の女性なので、最初に会った時から莉緒は好感を抱いていた。院長先生は長年独身だから、その世話やだだっ広い屋敷の維持も大変だろうと想像する。女性一人でやっていけるものなのだろうか？　修繕や庭の世話などは業者に依頼するのだろうなぁ……といらぬ心配をしていた。玄関ホールに足を踏み入れると、城戸がヌボーっと立っていた。

「ぎゃ」

「ぎゃ？」

「すっ、すみません。気配を消して立っているから、びっくりしました」

「気配消してないぞ。客がきたら、普通迎えに出るだろ」

「それはそうですけど……あの、叫んだりしてごめんなさい」

どうして自分が謝らなきゃいけないんだろう？　そう首を傾げながら、城戸の後をついて前回と同じ豪華な応接間に入る。そこには先客がいた。おしゃれな服装をした若い女性二人で、広告会社の営業とデザイナーだと紹介された。

（業界のことは分からないけど、病院のポスターを作るだけなのに営業に二人も来るなんて、どれだけのお金が動くんだろう？）

何気なく口にしたアイディアだったのに……と、莉緒は怖くなってきた。今更後戻りはできないが、前回と同じく武者震いがしてきた。

名刺を貰い雑談をしている間に、ワゴンに用意してあったコーヒーを城戸が淹れていた。

「あ、すみません。私淹れます！」

「……そうか？」

申し訳ないな……と思い、つい自分が淹れると口にして後悔した。他人の家で出過ぎた真似をすると思われやしないだろうか？　城戸の顔色を窺うと、別段変わったところはなさそうでひとまず安心する。

「サンキュ。じゃあ後はよろしく頼む」

そう言われて、受け入れられたのかと少し安心した。城戸の小汚い外見はさておき、物腰は堂々として若いのに威厳のある男だ。最初は『怪しい奴』と疑っていたが、知れば知るほど、頼りがいのある男だと思うようにもなっていた。

コーヒーを客に出していると、城戸がスマホをタップし始めた。

「前川が来た。秋山、出てくれ」

「はい」

前川は城戸とは違ってすごくおしゃれな服装でやってきた。莉緒にショップバッグを渡すと、勝手知ったる……とばかりに応接間に向かう。神戸に本店がある有名な洋菓子店の袋を受け取った莉緒は、途端に小躍りした。

「莉緒ちゃん、高価で上品な甘さの高級洋菓子だよ」

「前川先生、神戸に行っていたんですか？」

「ううん。近所のデパ地下で買ってきた」

近所にデパ地下のある生活って、どんなセレブなんだ？　莉緒は半ば呆れて前川の背中をみる。

応接間にいた広告会社の女性たちは城戸と前川を前にして少し浮き足立っている。それが普通なのだろうが、莉緒は彼らの地《じ》を既に知っているので、夢をみる間違いは犯さない。

ポスターの内容については、あらかじめ城戸が内容を伝えていたらしく、早くもラフ画が持参されていた。営業の女性が三人を前に説明をする。

「Ｔｈａｎｋ Ｙｏｕ『ありがとう』の言葉だけで十分です。を大きく目立たせます。当院では病院職員への謝礼・礼金をお断りしています。もし、どうしても言葉を伝えたいと考えられている患者様へ、お手紙をこちらにお願いいたします……という文字が入ります。ポスターの下には投書箱を設置いたします」

「うん」

「写真は患者さんバージョンと医療従事者バージョンの二枚を予定しています」

営業の説明に城戸はまた、「うん」と肯く。

「白髪のモデルに井出病院様の病衣を着てもらって撮影します。医療従事者役は本物のスタッフでよろしいですか？」

「うん。看護師の人選は秋山に任せる」

「え」

「実際に性格の良い、清潔感のあるスタッフを選んでくれ。男女問わないぞ」

「は、はい」

「僕ドクターのモデルになろうかな？」

前川がふざけたことを言うと、城戸がすかさず釘をさす。

「ウチの常勤医師になってくれるならモデルにしても良いけど」

「あ、それは無理。親父に勘当される」

「だろ？　でも来月からは非常勤で勤務予定なんだから、頑張ってくれよ」

「え、そうなんですか？」

「莉緒ちゃんよろしくね。あ、外来は莉緒ちゃんについてもらおうかな」

「ダメだ。秋山は忙しい」

「え〜、ケチ！」

二人は広告会社の女性たちを無視してくだらない口論を始める。とは言っても、これは彼らの遊びなのだ。莉緒はため息をついてラフ画を眺めた。

「城戸先生、患者様の投書箱は新しくするんですか？　と言うか、今更ですけどこの企画は理事会とか……」

「理事会は関係ない。院長である親父が賛成しているんだから問題ないよ。なんだかんだ言って、個人病院はその点楽だ」

「だね。これくらいのことは、鶴の一声で決まっちゃうからね」

「そんなものですか」

「そんなもんだよ。文章はこれでお願いします。医療スタッフのモデルが決まったら、追って連絡します。今後も色々とお願いすることがあると思いますので、よろしく」

明らかによそ行きの素敵な声色で城戸が話をすると、女性二人は嬉しそうに頷いた。打ち合わせが終わって、莉緒が二人を外まで案内することになった。

「あの、秋山さんは城戸先生の……？」

と聞かれても、専属の秘書でもないし友達でもない。強いて言えば『下僕』にされているが、それはちょっと恥ずかしくて言えない。

「秘書です」

当たり障りのない職種を選ぶ。明らかにほっとした表情の二人を見て、やっぱり前川先生狙いじゃなくて、そっち？　と、莉緒は内心で驚いた。照明に照らされた広い庭を抜けて正門に向かうとタクシーが停まっていた。そちらに向かう間に会話は続く。

「城戸先生は素晴らしい外科医だとお聞きしています。一緒にお仕事ができるなんて大変光栄です」

そうなの？　そんなに偉い人だったの？　確かにキレッキレの外科医だと耳にしていた

ものの、すでにそんなふれこみは忘れていた。しかもあの性格だもの、憧れなんて持てるはずもない。しかし、目の前の妙齢の女性二人は明らかに城戸に憧れて頬を染めている。

（いや、本気にならない方がいいと思うよ）

とはいえず、莉緒は二人を見送った。


応接間に戻ると、窓が全開にされていた。

「なっ、なんで⁉　寒いんですけど」

「香水臭くてたまらん」

城戸が苦々しげに呟く。

「え〜、僕は香水臭い女がたまらなく好きだけどねぇ」

「そんなに匂いました？　私あまり気がつかなかった」

「俺はお前達と違って鼻が利くんだ。どうも化粧品の匂いが苦手だ」

「はあ」

この人の前に出るときは気をつけようと思ったが、そもそも莉緒は化粧っけがない上に香水なども持っていない。

「莉緒ちゃんはお化粧……してないね」

「はい。お化粧すると痒《かゆ》くなるので、お湯で落とせる日焼け止めだけ塗っています」

「そうなんだ。だから赤ちゃんみたいな匂いがするんだね」

「えっ、キモっ」

前川の言葉に思いっきり引く。いつクンクンしたんだ？　と気味が悪い。そんなセリフは彼氏にだけ言ってほしい。莉緒が後退さると、城戸が爆笑した。

「おい、秋山の毒舌、割とクルだろ？」

「うん。確かにクルなぁ。莉緒ちゃん、もっと言って。キモいの他に何かきついセリフ」

前川にすり寄られて、莉緒はますます距離をとる。

「城戸先生、帰って良いですか？　前川先生が変態すぎます」

「えっ、そんなー。せめてお土産は持って帰ってよ」

「じゃあ、お土産だけはもらっときます」

高級洋菓子に罪はない。それにしても、知らなかった。性格に癖があるとは感じていたけど、前川がドMだったなんて。

「あ、だからジャイアンとツルんでいられるんですね」

「そうだよ。莉緒ちゃんはドMでもないのに、よく城戸と一緒にいられるよね」

「仕方ないです。脅迫されて仕事していますから」

「おい！　人聞き悪いことを言うな。こいつが本気にするだろうが。タクシー呼ぶから秋山お前もう帰れ。月曜は昼から院長室にこいよ」

「え？　院長でもないのに院長室なんて、使っても良いんですか？」

「口のへらない奴だなあ。誰にも見られないように来るんだぞ」

「……はい」

（面倒くさい）

モゴモゴと小声で呟くと耳を引っ張られた。

「全部聞こえているんだよ。ほら」

そう言って袋を差し出す。前川の土産だった。

4　城戸がイケメンだった件

院長室は、医局ゲート前の廊下の突き当たりにある。見つからないように来いと言われたので、ドキドキしながら向かう。途中の廊下で医師とすれ違ったが、莉緒はクラークだから医局に向かうことにはなんら問題はない。ゲートの前を過ぎ、暗い廊下を小走りで進む。簡素なスチール製のドアをノックするとすぐに開き、無言の城戸に引っ張り込まれた。

「誰にも見つからなかったか？」

「多分」

「よし。ほら、これを渡しておく」

カードホルダーに新しい職員証が入っていた。見かけはなんら変わらないので不思議に思い眺めていると、城戸がこともなげに言った。

「院内のどの部署にもアクセス可能なＶＩＰカードだ。俺と親父とネットワーク管理責任者しか持っていない。お前を入れて四人だ」

「げっ」

「げ？　なんだ、その反応」

「いや、私ごときが持つ類のカードではないでしょう‼」

「院長室にアクセスする職員証はそれしかないんだよ。つべこべ言わずに持っていろ」

「なくしたらと思うと怖いです！」

「あのさぁ、万が一なくしても、誰がお前の職員証がＶＩＰカードだと思うよ」

「そりゃそうですけど……」

「命令。首に下げとけ」

「でもこれ、誰に作らせたんですか？」

「ウチのネットワーク管理会社の社員だ。信頼できる人物だから心配するな」

って、誰よ？　と突っ込みたいところをグッと我慢する。院内ネットワークの問題が起こった時、対応する外注のスタッフが数人いることは知っている。しかしその会社名やトップの名を知っている者は少ない。ネットワークの管理責任者やその部下が誰かなんて……これ以上面倒くさいことは知りたくないのが本音だ。このまま城戸の言いなりになっていると、ズブズブと深みに嵌《は》まって抜け出せなくなりそうで怖い。城戸にそれとなく言うと、ふっと鼻で笑われた。

「今更。毒を食らわば皿まで……だろう？　俺に見込まれた時点で諦めているのかと思ったら、わりとヘタレだな」

「そうです。私はただの詮索好きのヘタレです」

期待外れだったと思うなら、この秘密のプロジェクトからいつでも外してください。そんな思いを込めて城戸を見る。

「それで前世は探偵なんだろう？　ヘタレでも良いよ。その方が慎重に仕事をしてくれるから安心だ。俺が見込んだんだ、安心して仕事をしてくれ。ほら」

城戸は莉緒の手から職員証を奪うと、優しい仕草で首に掛けた。まるで首輪だ。そう感じて背中に震えが走る。首輪だなんて……妙な雰囲気を呼び起こしそうなワードは禁物だ。

「なくすなよ。自由に動き回って俺を助けてくれ」

「……はい」

結局城戸の思い通りになるに決まっている。……莉緒は小さくため息をついた。

院長室はマンションの一室ほどの広さだった。入ってすぐに応接セットと執務机、隅に小さなキッチンも設置されている。壁には二つのドアがあって、一つはトイレとシャワー室。おまけに仮眠をとるための寝室まであるらしい。

「贅沢《ぜいたく》すぎませんか？」

「そうか？　医局にだって簡易ベッドはあるぞ」

それはそうだが……院長にもなると、仮眠をとるほどの激務でもないだろうと思ったのだ。それを言うと、城戸に叱られた。

「アホか！　死ぬほど忙しいわ。医者の不養生とは言うが、親父は仕事優先で命を落とすところだった」

あんまり真剣に怒るので、莉緒は本気で怖くなって首を縮めた。

「ごめんなさい」

「あ、いや……悪い。俺もストレスが溜まっているな。怒鳴って悪かった」

そう言って顎《あご》をさするのだが、モシャモシャの顎髭が汚らしい。イケメンが台なしだ。

莉緒の視線が気持ちを表していたのか、城戸がすぐに気づく。

「謝罪したのになんで俺を睨むんだ？　言いたいことがあったら言えよ、もう怒らないから」

「本当に怒らないですか？」

「ああ。お前にその目つきで睨まれると、寝首を掻かれそうで怖いわ」

「いや、寝室には行かないし」

私は刺客かよ？　と突っ込みたいところだが、そこは堪えた。その代わりに、ずっと言いたかったこのセリフを言うことができるなんて、嬉しい。

「あのですね」

「おう」

「その髪と髭どうにかなりませんか？　汚らしげでイケメンが台なしなんですけど」

「……」

「先生？」

「願掛けをしているから切らない」

「願掛け……？」

それはまた厄介な理由だが、小声でつぶやいても可愛くもなんともない。せめてヒゲだけでも剃って欲しいものだ。

「神様にお願いした案件は何件ですか？」

「なんだそりゃ？　一件だけど」

「じゃあ、せめてヒゲだけでも剃れませんか？　もっさりとモシャモシャの間にちょっと顔が見える状態だなんて、すごく鬱陶《うっとう》しいです」

「言うなぁ……」

「すみません、言って良いって先生が」

「わかったよ。剃るよ」

「やった！」

これで少しは清々しくなる。

「そんなに鬱陶しいか？」

城戸が鏡を眺めてつぶやく。鬱陶しいどころの話ではないのだが、それ以上言うのはやめた方がいいだろう。せっかく髭を剃ると決心してくれたのだから。

「ねえ、城戸先生ってイケメンじゃない？」

午後二時、遅い昼食をいつもの小部屋で摂っていると、香織がボソッとつぶやいた。口に含んだお茶を吹きそうになって必死に堪える。莉緒は少しかすれた声で香織に尋ねた。

「城戸先生が？　マジで？」

「うん。今朝廊下ですれ違って二度見したわ。もっさり頭がなかったら、新任ドクターかと思ったかもしれない。髭剃ってさぁ、激変していたよ」

「へー」

わざとらしく聞こえませんように。そう願いながら話を合わせる。できるだけ、香織に嘘はつきたくないのだ。

「今朝フラリと麻酔科外来にもやってきて、麻酔科医と難しいオペの打ち合わせをしたらしいよ。朝から受付もナースも言葉を失って呆然《ぼうぜん》。院内に出没すること自体珍しい人だから、目立つのなんのってさぁ……」

「まるでツチノコだね」

莉緒の言葉に香織がクスクスと笑う。

「ツチノコかぁ。本人に言ってみる？」

「いやよ。それより香織、障害年金の書類が今日何件も提出されたんだけど、最近流行りなの？　ちょっと手伝ってもらえない？」

「オッケー。ご飯食べたらやっつける？」

「うん」

と、そこにスマホがブルッと震えた。見るとメッセージが届いている。城戸からなら後で読もうと思い無視していると、香織に気づかれた。

「莉緒、彼氏からじゃない？」

「だから……彼氏とかいないし」

「本当に？　怪しいなぁ」

歯磨きの途中でチェックをすると、案の定城戸からだった。

『昼飯食べたら院長室』

標語みたいだが、これは命令だ。莉緒は歯磨きを終えると、用事ができたと香織に言って院長室に向かう。実は、髭を剃る約束をしてから城戸とは会っていない。どんな顔になっているのか実に楽しみだ。例の職員証を使って部屋に入る。

城戸は執務机でパソコンを操作していた。モニターに顔が隠れているから、すっきりしたはずの顔はまだ拝めない。それにしても、パッと見るとまるで院長がいるみたいに感じられて、ちょっと泣きそうになる。院長は厄介な病気のために、ウチの病院ではオペが出来なくて大学病院に入院しているのだ。入院中の院長に何かあれば、副院長が控えているが……田中医師が院長になるのはかなり嫌だと思う。まあ、いずれは息子の城戸が跡を継ぐはずだから、それまでの辛抱なのかもしれない。

医師とクラークという関係だけでも十分遠い存在なのに、院長になったら、気軽に話もできやしない。そう考えると、寂しい。

「お疲れ様です」

声をかけるとやっと顔をあげてくれた。立ち上がってこちらに向かう姿をみて、莉緒にイナズマのような衝撃が走る。

（い、イケメン……）

滑らかな頬やすっきりとした顎の線や唇があらわになって、イケオジである院長によく似ている。これでモサモサ髪もカットして分厚いメガネを外して涼やかな眼差しが現れたら、後光が差すかもしれない。莉緒は口を開けて、ボーッと城戸に見惚れていた。

「おい、口開いてるぞ。飴でも入れてやろうか？」

「いや、いらないです。それにしても、ガラリと変わりましたね」

「そうか？　俺は見慣れているから違和感はない」

「え、以前はその顔で外をうろついていたんですか？」

「人を野犬みたいに言うな。願掛けしているから髪はまだ切れないけどな」

願いは聞かない方がいいだろう。いつか叶うのだろうか？　その日が楽しみだけれど、逆に怖いような複雑な心境だ。城戸が素顔を晒したら、ますます遠い人になってしまう気がする。

「それより、モデルは決まったか？」

「はい。実は……上田先生事件の看護師さんが良いと思うんですけど」

「あー、顔だけのナースな」

「何気に失礼ですね。清潔感のある美人さんなのでオススメです。彼女、感じが良いと思いますし」

「うーん」

腕を組んで城戸が悩み始めた。莉緒はその顔をぼんやりと見ていたのだが、ずっと眺めていたいと思う。

「……あ、そうか！」

城戸が急に手を叩いてニヤッと笑う。

「彼女は口が軽いから気が進まない。モデルは俺が選ぶよ。明日カメラマンとヘアメイクが来て院長室で撮影するんだが……おい、午後五時に院長室に来てくれ」

「え、私も参加するんですか？」

「ああ、二〜三時間くらいだ」

手伝いを任されるのだと思い莉緒は快諾したが、先程の城戸のセリフが気になった。

「あの、看護師さんの口が軽いって？」

「……聞き逃さないよな。おい、怒らないか？」

なんとなく嫌な予感がする。

「怒りませんよ」と棒読みで答えて城戸の言葉を待った。

「上田の事件、口が滑ったのは看護師だった。すまん」

どうして謝るんだろう？　頭を下げる城戸をぼんやりと眺めていたのだが、ハッと気がついた。

「え、嘘！　もしかして私を脅した時には、それを知っていたんですか？」

「……お前を仲間に引き入れたくて、わざと脅した。申し訳ない」

「あの時先生が怒っていたから、私ガクブルだったんですよ。ひどい！」

「莉緒、本当にごめん」

莉緒と呼ばれて、ドキッとした。初めて城戸に名前で呼ばれたからだ。

（こんな時に名前で呼ぶなんて……城戸先生はずるい）

莉緒は唇を噛んで城戸を睨んだが、城戸は開き直ったように莉緒を見つめている。お互いに睨み合っても何も始まらない。莉緒はため息をついて、緊張を解いた。

「……も、良いです。明日は午後五時に伺ったらいいんですね？」


翌日の午後五時、院長室に向かうと撮影スタッフや広告会社の担当者たちが勢揃いしていた。そこになぜか前川もいる。女性のモデルがいないのを不思議に感じたが、後から来るのだろうと思っていた。

「お、来たな」

莉緒が部屋に入ると、城戸が手招きをする。スタッフ達に紹介されて、しばしの挨拶タイムだ。

「先生、モデルは見つかったんですか？」

「決まったよ。莉緒、お前だ」

「……は？」

不意をつかれて固まった莉緒を、撮影スタッフ達が取り囲む。

「あぁ、良いですね。彼女、メイクでガラリと変わりそうです」

ヘアメイク担当だという女性が満面の笑みを浮かべ、莉緒のひっつめた髪の毛を触って言う。

「秋山さん、前髪を作ってもいいかしら？」

前髪を作る……？　意味がわからずに莉緒は焦る。

「えっと……どういう意味ですか？」

「すごく素敵な髪の毛なんだけど、前髪を少し切るともっと良くなると思うのよ」

「む、むりです。切ると、とんでもないことになります」

天然パーマなので、前髪を短く切ればくるんとカールして制御不能になってしまう。ベリーショートにして女を諦めるか、今のように長く伸ばしてゴムで括《くく》るのが、一番手間がかからない方法なのだ。莉緒はドアの方向を目で捉えながら、ジリジリと移動する。前髪を切られるくらいなら、院長室から逃走する気満々だ。それを察知した城戸の声が響く。

「莉緒、髪は切らなくて良いから、モデルになることを了承してくれ。化粧でお前だとわからなくしてくれるから心配するな」

「そんな……」

「莉緒ちゃん、僕と一緒にポスターに載ろうよ」

「え、前川先生、結局モデルになるんですか？」

「うん。僕ほどのイケメンDr.ってこの病院にはいないだろ？　やっと城戸も気がついたんだよ」

　城戸が呆れ顔でこちらを見ていた。莉緒が真意を尋ねると、意外な答えが返ってくる。

「先生、本当に前川先生で良いんですか？」

「莉緒に決めたから、仕方なく相手は前川にした。俺の素性を知っている内部の医者は外科医長と前川だけだが、医長にモデルは無理だ。本物のモデルを使おうかと思ったが、お前が嫌がるだろう」

　確かに……城戸の言うことは一理あるけれど、そもそも自分をモデルにしなくても良いのにと思ってしまう。しかし、もう逃げることはできないみたいだ。

　結局押し切られてモデルになることにした。メイクの最中に城戸が側にやってきた。若干申し訳なさそうな顔をしているが……。

「騙《だま》し討ちみたいなことをして悪かった。最初に伝えたらお前は絶対に来ないだろう？」

「みたいじゃなくて、今回もまた騙されました。先生ひどいです。何も私みたいなブサイクを使わなくても良いのに」

「本気で自分のことをそんな風に思っているのか？」

　城戸が呆れたような口調で問う。何も問い質さなくても良いのに……莉緒は唇を噛んで城戸を睨む。

「だって、木の枝みたいな体型だし、髪の毛は縮れているし、顔はこんなだし……」

莉緒はだんだん泣きたくなってきた。するとメイクさんがプッと笑う。

「秋山さん、本気じゃないですよね？」

「本気です」

キッパリと言うと、メイクさんが天を仰《あお》ぎ、城戸が頭を掻いて俯いた。どういうわけか口角が上がっている。

（え、笑っているの？）

二人に笑われて莉緒は混乱してきた。差し出された鏡を手に取り目を向けると、コンプレックスの源のソバカスがすっかり消え透明感のある白肌の女性が目を見開いている。

（これ、私……？）

小さすぎる鼻翼や薄くて小さな口が密かなコンプレックスだったが、目を際立たせるメイクを施しているおかげで、それが気にならない。外国人のような、個性的で美しい女性に変身していた。

「誰これ？　別人」

「だから言っただろう。化粧でわからなくしてくれるって。彼らはプロだ」

莉緒が驚きで唇をワナワナと震わせていると、先にヘアメイクを終えた前川がやってきた。

「あっ、莉緒ちゃん綺麗《きれい》じゃん！　やっぱ化粧が映えるね～。これでナース服着るんだろう？　めっちゃ清純派みたい」

（いや、みたいじゃなくて、私は清純なんだよ！）

とツッコミたくなる。それを言うと、前川に揶揄《からか》われてドツボにハマりそうだ。莉緒はグッと堪えて横目で睨むだけにした。

「前川、それくらいにしておけ」

莉緒をかばうつもりなのか、城戸の声が響く。

メイクが終わり、莉緒は衝立の向こうでナース服に着替えることにした。鏡の中には、慣れないナース服を着た痩せっぽちの自分が写っている。顔は変わったとしても、体型はあいかわらず棒みたいだ。

（これじゃコスプレだよ）

ぼやきながら衝立から出ていくと、城戸が満足そうな笑みを浮かべて莉緒を出迎えた。

「思っていた通りだ。莉緒、めちゃくちゃ清潔感があって、清純そうに見える」

「だから……」

思わずツッコミそうになって口をつぐむ。これを言ったらまずい。自分で清純だなんて言ったら、何を言われるかわかったものではない。

そうこうしているうちに撮影が始まった。意味もなく距離の近い前川を肘で押し戻しながら、莉緒は必死にカメラマンの注文に応えた。撮影は想像よりも短い時間で終わり、莉緒はカメラマンから記念にインスタント写真をもらった。

「いいポスターになると思うよ。はいこれ、記念にどうぞ」

「わ、ありがとうございます」


ナース服を脱いで自分の服に着替えたが、化粧はそのままにしておいた。ナチュラルメイクで素敵にしてもらえたので、落とすのが勿体《もったい》ない。撮影隊が退散した後、そろそろ帰ろうと莉緒はバッグを手にした。

すると……。カシャ！　と音がして、目を向けると、城戸がスマホで莉緒を撮っていた。

「城戸先生、盗撮ですか？」

「いいじゃないか、変身した莉緒を残しておいても。後で写真を送ってやるよ」

「恥ずかしいです。送って貰わなくて良いですから、絶対に削除してくださいねっ！」

「やだよ。せっかく可愛くなっているのに、もったいない」

「え？」

莉緒がびっくりして固まっていると、着替えた前川がやってきてスマホを構えた。

「僕も莉緒ちゃんの可愛い顔を残しておこうかな」

「やっ、やめて」

莉緒が顔を隠して逃げると、城戸が前川のスマホを取り上げた。

「許可しない」

「なんだよー、自分は撮ったくせに。城戸って横暴！」

「うるさい、黙れ」

仲が良いとは言えうるさすぎる。二人の幼稚な言い争いに頭が痛くなりそうだ。先に帰ろうとすると城戸が追ってくる。

「送る」

「え、良いですよ」

「いや、もう遅いから送る」

前回と同じく、断りきれずに莉緒は城戸の車で自宅まで送ってもらうことになった。狭い車内で二人っきりは気まずい。それでも会話自体は苦痛ではない。赤信号で止まっていると、城戸が莉緒に言う。

「明日からしばらく東京で仕事だ。来週末に戻ってくるからまた連絡するよ」

「あ、はい。お気をつけて」

また仕事を振られるのだと思うとちょっとため息が漏れるが、莉緒はおざなりな受け答えをしていた。すると、城戸が不満げな声をあげた。

「それだけかよ？」

「え？　あ、じゃあ、美味しいお土産を待ってまーす」

お決まりのセリフを言うと、城戸がため息をつく。莉緒にしてみれば、これ以上は何も言えない。

（そりゃあ聞きたいですよ。どこに行くの？　とか、ホテルは何処ですか？　とか、もしかして誰かとデートします？　とか。でも、そんなことを聞く関係でもないし、絶対引かれると思う）

そんなことを悶々と考えているると、自宅アパートに車が到着した。

「先生、ありがとうございました。出張、気を付けて行ってきてください」

「あのさ」

「はい？」

「俺のいない間に、総務の加地《かじ》さんを訪ねてくれ。こっそりと。詳細はメールを送っておくから、頼むぞ」

「加地さんですか？　はい、わかりました」

「じゃあな。おやすみ」

5　恋心

老年内科の診察日。診察中だというのに、莉緒は魂が抜けたみたいにボンヤリとしていた。いつまでたってもプリンタから書類が出てこないのを怪訝《けげん》に思った佐竹医師から声をかけられる。

「秋山くん、胃瘻《いろう》交換の説明同意書を印刷して」

「あっ！　すみません、今から印刷します」

患者の電子カルテを開いて、テンプレートをクリックした。胃瘻交換日を入力して印刷ボタンを押すとすぐにプリンタから用紙が出てくる。それを患者に付き添っている家族に説明して手渡す。

残業続きの上に、昨夜の撮影が体に負担になったようだ。おまけに今日は金曜日、疲れもピークに達している。莉緒は患者を送り出すと、自分の頬を軽く叩きパソコンの前に腰を掛け大きな息を吸って……吐いた。

まだまだ沢山の患者さんが診察を待っている。回を重ねるごとに、老年内科を受診する人は増え続けている。認知症、あるいはその疑いのある患者さんが増えているせいだ。

「高齢化社会……」

また、ボーッとして内心を垂れ流していたようだ。佐竹医師が心配そうに莉緒を見た。

「秋山くん、ちょっとコーヒーでも飲んでくるかい？」

「いいえっ！　そんな贅沢なことできません。先生、次の患者さん呼び込みましょうか？」

「う、うん頼むよ」

疲れているのは、昨日の撮影のせいだけではない。実は今朝、院内のメールや勤怠管理用のグループウエアを開くと、城戸から指令が届いていたのだ。『二階と五階に職員の休憩室を作る予定。午後からは総務の加地さんに案内してもらって、必要な備品をリストアップしておくこと。俺は来週まで休みだから一人で頑張れ』

（加地さんって、接点がないからよく知らないんだよね。ちょっと気が重い。先生は週末まで帰ってこないし……一人で頑張れだなんて、ちょっと酷くない？）

城戸は今、東京にいるのかもしれない。昨夜来ていた広告会社の営業さん達と一緒にいたりして。などと、意味のない妄想をしている。

彼女たちは城戸にすごく興味を持っていた。古い言い方だが、洗練されたキャリアウーマンと田舎の事務員とでは、全然見た目が違う。それに、きっと大人同士の会話も弾むだろう……。莉緒だって二十七歳という十分大人の年齢なのだが、色々な経験値が低いせいで自分に全く自信が持てない。素敵な女性を見ると気後れしてしまうのだ。

（やめやめっ！　仕事に集中しなくちゃ）

まるで恋の病みたいにため息を繰り返す莉緒を、佐竹医師が心配そうに見ているのにも気がつかないのだった。


総務の加地は、定年退職後も雇用継続されている超ベテランだ。この病院が小さな診療所だった時代から歴代の院長に仕えていた人物だと聞いている。莉緒が総務にいくと、隅っこの席に黒いアームカバーをつけて仕事をしている銀髪の男性がいた。彼が加地だ。莉緒が近づくと、加地が顔をあげた。

「秋山です。あの……き」

「お聞きしています」

加地は静かに立ち上がると、鍵を手に莉緒を事務所の外に促した。廊下を二人無言で進む。職員専用のエレベーターに乗り込むと、加地が小声で言う。

「坊ちゃんのことは、他の人には秘密にされていますか？」

「あ、はい。それは当然……」

「良かった。総務にも人の耳がありますので、ちょっと慌てました」

城戸に『こっそり』と釘を刺されていたのを思い出して、莉緒は項垂《うなだ》れる。

「そうだったんですね。すみません。私ったら不用意に先生の名前を出そうとして……」

「いいえ」

院長室で撮影などと大胆なことをしているが、実は細心の注意をはらって全てを秘密裏に行っている。あまりに城戸の態度が自然なので、院長の息子だと皆に知られているのかと勘違いしそうになるが、まだ秘密なのだ。

エレベーターは五階で止まった。

「五階と二階に休憩室を作る計画があるそうです。二階は以前に売店として使われていた場所なのでご存じですよね？　これから向かう部屋は、以前中央材料室があった場所です」

「あ、そこも知っています。広いがらんどうの部屋ですね？　確か、南向きで、無駄に明るかったような……」

「確かに、無駄に明るいですね。坊ちゃんは、そこを休憩室兼ランチ用の部屋にしたいと仰《おっしゃ》っていました」

良い考えだと思った。しかし莉緒が気になるのは、加地の『坊ちゃん』発言だ。そのフレーズを聞くたびにあのモサモサ頭が浮かんで、ミスマッチ感が甚だしい。

中央材料室に入ると、窓が全開にされて気持ちの良い風が吹き抜けていた。

「気持ち良いですね。加地さんが窓を開けてくれたんですか？」

「はい。ちょっとカビ臭かったので開けておきました」

「ありがとうございます」

「いいえ。……ブラインドは新調した方が良さそうですね。あとは、倉庫にあるテーブルと椅子を数脚持ってきて……パーテーションも買う必要がありそうです。カタログを見て、小物を秋山さんに選んでいただくことと……週末に坊ちゃんが帰ってこられる予定なので、お屋敷の余った家具をここに使えないか見て欲しいと仰っていました。いずれ秋山さんに連絡があるでしょう」

「は、はい」

立て板に水……。総務にこんな味方が潜んでいたとは、全然知らなかった。かなり心強い。

（加地さんがいれば、私なんていらなかったんじゃない？）

と思ったが、それは口に出せなかった。このあとは二階の元売店に向かう。加地の説明を聞きながら、必要だと思いついたものをメモしていった。

加地と別れ、老年外来の診察室に戻る。パソコンの電源を入れた後、すでに三時をすぎていたことに気がつく。休憩をしようと、マグを取り出し紅茶を淹れスマホの確認をした。

城戸からメッセージが届いていた。加地に言われていた内容が、超短い文章で書かれている。

『日曜日午後三時親父の家に集合。残業代は出す』

（残業代だなんて、別にいいのに……）

とは思ったものの、城戸にとってこれは仕事だし自分にとってもそうなのだと気がつく。いつの間にか慣れすぎて、莉緒は公私混同をしていたようだ。

（私ったら……気をつけなくっちゃ）

なんとなく張り合いのない週を終えて迎えた日曜日、莉緒はバスで城戸の家に向かった。浮き立つ気持ちを必死に抑えながらベルを鳴らすと、城戸がいきなり玄関を開けたので驚いた。剃ったはずの顎髭が少し伸びて、城戸の色気がヤバイ。少し疲れているのか、気怠げな風情にも色気を感じる。

(全くもう……目の毒だなぁ)

「家政婦さんは、お休みなんですか?」

「基本的に土日は休み。前回いてくれたのは、たまたま用事がなくて、俺が困るだろうと客を出迎えてくれたんだよ」

「そうですか。優しそうで素敵な方ですね」

「ああ。長年、夫婦でこの家と親父の世話をしてくれている」

この屋敷を管理するのは二人でも大変だろう。話をしている間に、応接間をすぎて奥の廊下を進む。

「この先だ」

城戸は長い廊下をズンズンと進んでいくので、莉緒は小走りでついていく。どこまで行くのだろうと少しだけ心配になってきた。『この先だ』と言われたものの、さらに外廊下を渡り、たどりついたのは倉庫のように広い部屋だった。アンティークのシャンデリアがぶら下がる天井には、何やら花の絵が描かれている。アーチ型の窓枠はペンキが剝《は》がれているものの、ガラスは古いものらしく風情がある。

アンティーク好きには垂涎《すいぜん》モノなのかもしれない。それにしても広い、体育館並みのサイズだ。

「広っ」

思わず声が出た。

「大昔は舞踏会を開いていたらしい」

「ぶ、ぶ、舞踏会っておっしゃった？」

「……それが何か？」

つまらなさそうな表情で城戸が莉緒を見下ろす。かたや莉緒は口をあんぐり開けて城戸を見上げた。……舞踏会とは、庶民が開くものだろうか？　否、特権階級の催しものだよね？　莉緒の実家は高知だが、家族が開く催しものと言えばせいぜい皿鉢《さわち》料理を囲んだ小さな宴会止まりだ。

「先生、それ何年前の話ですか？」

「何年って……明治だけど」

震えが来た。舞踏会だなんて、まるで城戸家はやんごとなきお家みたいに聞こえる。莉緒は、冗談のつもりでカマをかけてみた。

「か、華族みたいですね」

「元々は平民だ。何代か前の当主がなんとかっていう勲章をもらって、准男爵にしてもらったらしい。ま、今じゃあ関係ないけどな」

瓢箪《ひょうたん》から駒だった。まさか本当に、やんごとなき家系だったなんて……。

「だから、加地さんに坊ちゃんって……」

「お前、それ……言うな。大人になってもガキの頃の呼び名を使われる身にもなってみろ」

城戸が顔を歪《ゆが》めて首を振った。元華族のお家のお坊ちゃんのくせに、そう呼ばれるのは嫌らしい。

「加地さんは、じいさんが生きていた頃からこの家に出入りしていたから、俺のガキの頃を知っているんだよ」

「へえ？」

（……今度加地さんに城戸先生の子供時代の話を聞いてみようかな）

莉緒はそう思いながら、ざっと室内を見渡す。

「この中から、使えそうなものを選んでくれ」

「……はい」

ビクトリア調というのだろうか？　病院の休憩室に使うには優美すぎる気がするが、使えと言われるものを拒否する理由はない。すると、脚が優雅なカーブを描く濃いブラウンの小テーブルや小さな棚が目についた。このテーブルにカバーをかけて使ってもいいし、棚は消耗品をしまっておくのに丁度いいサイズだ。病院に持ち込むものに付箋《ふせん》を貼り付けて部屋の中を見て回る。作業がひと段落ついたところで城戸に声をかけられた。

「お茶にしよう」

付いて行くと、応接間に紅茶が用意されていた。これまで散々お茶をご馳走になっておいて今更なのだが、カップ&ソーサーまでもが高価なものに感じられる。これはどう見たって、ヨーロッパの有名な陶磁器ではないだろうか？　本物を見たのは初めてなので、鑑別はできないが……。三人がけのソファーに腰をかけて、ソーサーごと持ち上げると若干手が震える。目敏い城戸が莉緒に問いかけた。

「なんだ、どうした？　急にかしこまった顔をして」

「や、ちょっと。このカップを落としたらどうしよう……って」

「落としたら火傷するぞ。気をつけろよ」

いや、そうじゃなくて……と言いかけてやめた。城戸には高価なカップなんてどうでも良いのだろう。それよりも、ぶっきらぼうな言い方ながらも、火傷をするなと気遣ってくれたのだ。

「そうだ、土産を買ってきた。お前これ好きだろう？」

部屋の隅からショップバッグを取り上げると、莉緒の隣に座る。

「え？　あ、わぁっ！」

これはもしや、あのメチャ手に入りにくい東京土産のクッキーではないか！　以前、佐竹医師が買ってきてくれて、美味しかったあれだ！

「しかも、限定品！」

「抹茶小豆と、なんだっけ……メープルクリームに、他色々だ」

「ぎゃー先生、大好き！　あ、お菓子がね」

「はいはい、わかったよ。今食べるか？」

「はいっ！」

城戸が丁寧に包装紙を解き、箱から菓子を取り出す。流れるような仕草はやはり、外科医特有のものに思える。城戸の指先に色気を感じ、莉緒は戸惑ってしまう。

(私ったら、ただお菓子の箱を開けてくれているだけなのに、どうして……)

「ほら、抹茶で良いか？」

手渡された抹茶小豆は、ほんのりと甘い上品な味だった。

「紅茶にも何気に合いますね」

「そうだな。甘すぎないから俺でも食べられる」

「でも先生、どうして私がこれ好きだって知っていたんですか？」

城戸は莉緒の問いには答えずに、ポケットから小さな箱を出してきた。

「もう一つのお土産だ」

「え？」

クッキーを咀嚼している最中だったので、モゴモゴいいながら片手で受け取った。膝の上に置いてクッキーで汚れた指をハンカチで拭く。それはシンプルなゴールドカラーの包装紙だった。見るからにお土産の範疇を超えた特別な匂いがする。

「あの……？」

「開けてみてくれ」

言われた通り丁寧に包みを開け、ビロードの箱を恭《うやうや》しく掌に載せた。

（これ、本当にもらっていいのかな……？）

莉緒は、ドキドキしながら蓋《ふた》を開いた。中には小さな花の形を模したネックレスが入っていた。銀色に輝くそれは小さな花に透明な石が散りばめられて、上品ながら独特の存在感を放っていた。

「こ、こ、こっ……」

「ニワトリか？　お前ってやつはつくづく面白いな。ほら、つけてやるよ」

そう言うと、城戸はヒョイとネックレスを手にした。下ろした巻き毛を横に流して、器用に留め金をかける。莉緒の髪の毛をひと撫《な》でしてニヤッと笑った。親密な仕草に、莉緒の肩がビクッと震えた。

「……いい感じだ」

それまで言葉を失っていた莉緒が、ハッと我に返ってネックレスに手をやる。

「先生、こんな高価なもの……絶対高価ですよね？　これは、いただけません」

莉緒は戸惑いと焦りで、必死に言い募る。

「それほど高価なものじゃないよ。俺の気持ちを込めたんだ、受け取ってくれないと困る。莉緒に似合うと思って買ったんだから」

そう言って譲らない。城戸がこうと決めたら動かない性格なのは、これまで一緒に仕事をした中で理解していた。しかし、これは……仕事の話ではなくて、個人的なプレゼントだ。城戸は戸惑う莉緒をシゲシゲと眺めて、満足そうな笑みを浮かべている。

「思っていた通りだ。似合うよ」

こうなると、受け取らないわけにはいかない？

「あ、ありがとうございます」

莉緒はネックレスに手を当てて、不安な面持ちで城戸を見上げた。かたや城戸は笑みを浮かべているが、莉緒はその笑顔から醸し出される不穏な雰囲気を嗅ぎとって、ますます落ち着かない。

「なあ、俺めちゃくちゃ疲れているの分かる？」

「……はい、まあ」

ちょっと顔色が悪いし、目の下にうっすらとクマが浮かんでいる。確かにお疲れのご様子。それならば早めに切り上げようと莉緒が腰を浮かせると、城戸が肩に手をおいて押し戻す。

「先生、疲れているのなら、私帰ります……よ」

今気がついたのだが、城戸との距離が近い。近すぎる！　妙に緊張して変な汗が出そうだ。莉緒にだって分かる。この部屋には危うい雰囲気が漂っていることを……。

「俺さあ」

「……はい？」

「莉緒に癒やされたら元気がでると思うんだ」

「私が癒やす……？　どうやって？」

疲れているんなら寝れば良いじゃん。そう言おうと口を開くと、城戸は衝撃的なセリフを吐いた。

「なぁ、添い寝してくんない？」

聞き間違いだと思った。城戸は割と平然とした表情で莉緒を見つめている。それにしても添い寝だなんて、かわいいことを言っているように聞こえるが、一緒のベッドで眠ってくれと言っているのだ。それも真っ昼間から……。お土産の大盤振る舞いの後のおねだりにしては軽いのか、それとも重いのか判断がつきかねる。お願いだから、そんな無理目な注文はやめてほしい。

「……無理」

「え、無理？　そんなにダメなこと？」

「ダメに決まっています。なんで先生と一緒のお布団で寝なくちゃいけないんですか？」

「いや添い寝だし。最近忙しすぎて眠れないから、莉緒が一緒にいてくれたら、安眠できそうだなと思って」

「……」

「枕元に座ってくれるだけで良いからさ」

「……っ」

城戸の顔は莉緒のすぐ側まで迫っていた。莉緒は恥ずかしがる余裕もなく、城戸に食ってかかっていた。

「でも……普通、そういう申し出は部下にするものじゃないでしょう？」

城戸はもしゃもしゃと頭を掻いて、叱られた子供のような表情を浮かべる。ちょっと可哀想だと思いながらも、莉緒はまだ言い足りないので言葉を続ける。

「もしかして、ハイジュエリーを贈ったから……ってこと？　ありえない」

「ネックレスは、ただ贈りたかっただけだよ。悪かった。もう言わないから」

「え、もう言わないの？」

「なんだよ。言ってもいいのなら怒るなよ。おい、裾から何か出てるぞ」

「え？」

家具を見繕った際に動き回ったせいか、中のシャツがセーターからはみ出していた。

「やだ、見ないで！」

手で押さえようとしたのだが、城戸の反射神経の方が優秀だった。シャツを引っ張り上げて素肌を晒すと、いきなりウエストに指先が触れた。

そしてあろうことか、莉緒の肌をコショコショとくすぐったのだ。

「やっ！　やめて、何す……っ！」

「いや、怒っているから笑かそうと……」

敏感な場所をくすぐられて、莉緒は身をよじって逃げようとした。しかし、強い腕にがっしりと胴体を押さえつけられて動けない。さらに指はウエストを攻撃する。莉緒は涙目で、ヒーヒー泣きながら城戸の肩を押して逃げようともがいた。

「やめっ……も、セクハラ男っ！　あ、もぉっ、あ……ひぃん！」

莉緒はソファーに体を投げ出す体勢になっていた。城戸の手は、脇の下まで迫っており、両脇をくすぐられて莉緒は抗う力を失った。そして……仰向けになると思いっきり爆笑してしまった。

「もうっ、アハハーーー！　くすぐったーーーい！　ばかーっ！」

「ああ。俺は馬鹿だよ。莉緒、好きだ」

「……え？」

突然の言葉に莉緒がポカンとして見上げると、城戸の顔がゆっくりと近づいてきた。軽く開いた唇は、城戸のそれに塞《ふさ》がれた。

今までずっと、キスってどんな感じなんだろう？　とか、唇を合わせるだけなのに『うっとりする』って小説に書かれているけど、嘘じゃない？　などと思っていたのだが……。本物のキスは、とてもさりげなく始まった。

輪郭のはっきりした城戸の薄い唇は、何度も軽くついばむような動きを繰り返す。その感触が心地よくて、唇が離れるたびに莉緒は口を尖《とが》らせてそれを追った。城戸の口角が上がる。やがて唇を塞がれて、軽く食まれる。食むたびに口づけは深く長くなり、莉緒の息を奪っていく。舌先が輪郭をなぞり、スルッと口腔《こうくう》に侵入した。気持ち悪いなんて、全然思わない。硬い舌先が触れるたびに、心地よさが広がっていく。

「ふぅ……つ、はぁ……ぁっ」

どれだけの時間続いたのか莉緒にはわからない。夢中で応えるうちに、時間の感覚がおかしくなってしまったみたいだ。……柔らかく優しい音楽が終わるみたいに、口づけが終わりを告げた。互いの吐息が混ざり合う距離で、唇の輪郭を舌でなぞられて、莉緒の口から声が漏れた。

「あっ……」

ピクッと肩が震え、背中に電流が走った。口づけだけでこんなに感じてしまうなんて。

「どうして……？」

莉緒の呟きに、城戸は言葉では答えなかった。そのかわりに、両手で細い体を持ち上げるとギュッと抱きしめる。繭の中にいるような安心感に包まれて、深い吐息が漏れる。

「なぁ、莉緒の〝初めて〟を全部俺にくれないか？」

「えっ……初めてって？」

急な申し出に、莉緒は驚いて顔をあげる。

「全部だよ。初めてのプレゼント、初めてのキス、初めての……」

耳元で囁《ささや》かれて莉緒の肩がまたピクッと震えた。くすぐったいけれど、もっと囁いて欲しい。でもこれは悪魔の囁きだ。スッと体を離して城戸を見上げる。

（やっぱり、あんな高価なプレゼントは受け取れない）

「先生……それは、ダメ……です」

あれを受け取ったら、今の関係が崩れ去ってしまう気がした。今の莉緒にはこの関係性が心地よい。これから変化が必要だとしても、今、無理に変える必要はない。そう思った。

「先生。あのネックレスは、私には過分なプレゼントです」

「……過分?」

「はい。お気持ちは嬉しいのですが、お返しします」

「……」

城戸の体がぐらりと揺れそのままソファーに頭から突っ伏した。

「はぁーっ」

大きな息を吐き、転がったまま莉緒を見上げる。

「分不相応です。私の首にはＶＩＰカードがお似合いです」

「ＶＩＰ。なんだそれ?」

「私、先生からＶＩＰカードを託されて、すごく信頼されているんだって嬉しかったんです」

「ああ、あの職員証のことか」

「だから、先生から託された仕事が終わるまでは、ネックレスも受け取れないし添い寝もしません」

莉緒の宣言に、城戸の肩がガクッと落ちた。

「……ふりだしに戻る。か」

「え？」

「いや、独り言」

城戸はいつもの淡々とした表情に戻って言った。

「わかったよ。病院の膿《うみ》を出し切って、俺の念願が叶ったら……その時は莉緒」

「はい？」

「ヤらせろ」

「はあっ？」

妙に執念深いくせに、あっけらかんと明るい。城戸のセリフに莉緒は思いっきり吹いた。

「いやです。でも先生？」

「あ？」

「膝枕くらいだったら、してあげても良いですよ」

「……本当か？　じゃあ、今してくれ」

「えっ、今？」

「俺は頑張っているから、それくらい癒やされてもいいと思う」

城戸の一方的な宣言に押されるように、膝を貸してあげることになってしまった。莉緒がソファーの隅に腰をかけて、城戸はその腿の上に頭を預けて横たわる。ソファーに収まりきれなかった城戸の足が宙に浮いているが、それは気にならないみたいだ。顔を仰向けにして目を閉じた城戸に莉緒は声をかける。

「先生、寒くないですか？」

「大丈夫。それより脚が痛くなりそうだったら、起こしてくれ」

この男……とんでもないことを言い出したり、何を考えているのか分からなかったり……予測不能な男だけれど、時々、親身に自分のことを思いやってくれているのではないか？　と勘違いしそうになるくらい優しい言葉をくれる。それは不意に城戸の口から漏れるものだから、心から出た計算のない言葉なのだと莉緒にはわかる。

（もしかして、本当に私のことが好き……なのかな？）

自惚《うぬぼ》れてはいけないと思うけれど、本気にしてしまいそうだ。莉緒は目を閉じた城戸に尋ねていた。眠ってしまったのなら諦める。でもまだ起きているのなら、本心を聞いてみたい。

「先生……本気で私のことが好きなんですか？」

勢いで言っただけか、それとも本気の想いなのか？　そこはちゃんと見極めたかった。それにもう一度城戸から告白をされたかったのかもしれない。急に欲張りになった自分を恥ずかしい女だと認識しながら、莉緒はあえて尋ねた。城戸が涼やかな眼を見開いて、莉緒に視線を当てる。

「好きだ。お前も同じ気持ちだと俺は思っていたんだが、違うか？」

「わ、私……」

言葉を失った莉緒に、城戸は穏やかな口調で言う。

「まあ良いよ。ゆっくりと考えてくれ」

それだけ言うと、静かに目を閉じた。……莉緒が答えを探している間に、規則正しい寝息が聞こえてきた。覚醒しているときは存在感に満ち溢れた男なのに、眠ると途端に気配を消して省エネモードに入っているようだ。

(……変な人)

莉緒はクスッと笑って城戸を眺めていたが、モシャモシャの髪の毛を触ってみたくて仕方なかった。でも、何度も伸びそうになる手を押しとどめて、その寝顔を眺めていた。

しばらくして……昼寝を邪魔したくなかったがブランケットを掛けた方が良いのでは？と心配になって、少し体を浮かせた。それがいけなかったのか、城戸がビクッと反応して目を開いた。ぼんやりした表情が一瞬にして覚醒する。どんな場所でも眠り、すぐに覚醒できる医者の習性を目の当たりにして、莉緒は驚きを隠せない。

「すっ、すみません」

「……悪い、どれくらい寝てた？」

「に、二十分くらい。ごめんなさい、ブランケットを掛けようとして、ちょっと動いてしまって」

「いいよ。ありがとう、すごく良い気分だ」

「……本当に？」

「ああ、一瞬で深い眠りに入れた。莉緒のおかげだ」

ただ膝を貸しただけで、何もしていない。それどころか、嫌々膝枕を提供したというのに……莉緒は少し罪悪感を覚えてしまった。

城戸はサッと立ち上がると、テーブルから厚いカタログを取り上げて莉緒にポンと渡す。

「めぼしいものに付箋をつけておいた。後は加地さんと寸法やら諸々相談して選んでくれ」

休憩室の備品のリストだろう。莉緒は小さくうなずいた。

帰り際、玄関先で莉緒は城戸にふと尋ねた。

「先生、聞いても良いですか？」

「何？」

「先生の念願って何ですか？」

その念願が叶ったら、自分は城戸との関係を考えなくてはいけないらしい。

だから、聞いておきたかったのだ。しかし、城戸は微かに笑って首を振った。

「願いは口に出せないものだ。その時が来たら莉緒にもわかるよ」

アパートに帰った莉緒は、城戸の家で起こったことを思い返していた。

「はぁー」

ため息を吐き出して、ゴロンとベッドに転がる。

（どうしよう。好きって言われちゃった……）

中学生の頃の甘酸っぱい恋を思い出して、いや違うな。と首を振るそんな可愛いもんじゃないよ多分。城戸の性格を考えるとどこまで本気かは別として、自分は覚悟を決めなくちゃいけないのだと胸がざわつく。

まず、付き合ったとしても、うまくいかないだろう。ましてや結婚などあり得ない話だ。大病院の御曹司、しかも元華族と町娘……じゃなくて、その病院の平民事務スタッフとではまるで釣り合わない。

「はぁーーーっ」

ため息が長く大きくなった。

「やっぱり、行き着くところはセフレかなぁ」

その覚悟があるのか？　と自分に問いかけるが、答えは出ない。それでも……城戸が見抜いていた通り、莉緒も城戸のことが好きだ。普段の仕事ぶりや、病院を良くしようと努力している姿にも好感が持てる。それでもなぜ悩んでいるのかというと、城戸の要求があまりにもあからさまなせいだ。『ヤらせろ』なんていきなり言うのではなくて、雰囲気を作ってさりげなく口説いてくれればよかったのに……。

莉緒はまたベッドの上で寝返りを打ってため息をつくのだった。

翌日。

仕事をしながらも、頭に浮かぶのは城戸のこと。

恋愛初心者の莉緒にはよく分からないのだ。自分が城戸に惹かれていることだけは自覚しているものの、城戸のキスが気持ちよすぎて何も考えられなくなる。城戸の唇の感触や指の動きを憶えてしまって、体が期待で震えそうになる……。

好きだと言われているので、弄ばれているわけではないのはわかる。それでも、『私ってば先生に好かれているんだ』などと能天気に浮かれる気はない。

「はぁーっ」

大きな息をついてハッと振り返る。背後では、患者がストレッチャーに乗せられてレントゲン室に向かうところだ。

（しっかりしろ私！　今は仕事中だよ）

自分を叱りつけて、真剣な顔になる。

「秋山さん、次の患者さんを呼び込もうか」

患者が出ていくと、佐竹医師が莉緒に声をかける。

「は、はいっ！」

莉緒は立ち上がると、ドアを開け患者の名を呼んだ。


前川が非常勤医師として勤務することになって三週目。電子カルテにもすぐに慣れて、なんら問題はない状態だ。クラークは付けない方針だったが、回を追うごとに患者が増え、急遽《きゅうきょ》莉緒が応援に付くことになった。午前中の老年内科を急いで終え、十二時から循環器科に入ったのだが、患者数がえらいことになっていた。

「えっ、まだ二十人も残っているんですか？」

呆然とする莉緒に、前川がしれっと言う。

「僕、腕も愛想もルックスも最高だからね、患者さんがほっとかないんだよ」

「それは置いといて……先生、私がＳＯＡＰとオーダーを入力しますので、目視での確認だけお願いします」

「莉緒たんは相変わらずツンだね。ま、よろしく頼むよ」

「先生、仕事中なので、莉緒たんはやめてください」

「え、じゃあ……アッキー？」

「普通に秋山でお願いします！」

なんだってそんなに懐いてくれるのか不可解だが、仕事中に『莉緒たん』はＮＧだ。莉緒は前川に毅然とした態度をとる。

ＳＯＡＰというのは、問題指向型記入システムのことで、Subject（患者の主張）、Object（医師から見た客観的情報）、Assessment（診断）、Plan（治療方針）の頭文字をとったものだ。これをカルテに記すことにより、患者の問題点や治療方針が明確になり、かつ誰が見てもわかりやすくなるというメリットがある。一般的に電子カルテの左側にＳＯＡＰを入力し、右側には投薬や治療のオーダーを入力する。莉緒達のようなメディカルクラークは、医師が患者に向かって話す内容や、医師からの言葉を元にそれらを簡潔に入力する。その過程で、必要になった書類なども作成しつつ医師の傍に仕えている。看護師は医師の指示により、患者への直接的な対応にあたるのだ。

次の患者を呼び込む前に、前川は引き出しからチョコレートを取り出し、莉緒と看護師に渡した。

「さあ、これでも食べて乗り切ろうね。終わったらコーヒーショップのドリンクチケットをあげるから」

「え、いいんですか？」

病院の地下食堂に隣接したコーヒーショップはシアトル系の人気ショップだ。莉緒と看護師が目を輝かせて食いつくと、前川が頷く。

「うん良いよ。お歳暮でたくさん貰ったから。ウチの病院のスタッフにも配ったんだけど、まだ余ってるんだ」

前川の気前の良さを知っているので、莉緒はありがたく受け取ることにした。しかし、その前にチョコ一欠片で残りの患者を捌《さば》かなければならない。莉緒は頰をパチっと叩いて顔を上げた。

「先生、呼び込みましょう」

午後三時、莉緒はふらつきながら休憩室にたどり着いた。他のクラーク達はとっくに一時間の休憩を終えて、各仕事先に散らばっているはず。莉緒の昼食はこれからだ。結局前川の患者総数は七十人だった。新患には時間がかかるし、再診の患者でも前回と同じ内容で投薬をするだけなら楽だが、調子が悪ければ血液検査や心電図など色々な検査も行うし、点滴や処置だって必要になる。莉緒は三時で解放されたが、前川は昼食なしで急性心筋梗塞の患者に心臓カテーテル検査を行う予定だ。冠動脈入口までカテーテルを挿入し、そこから造影剤を注入して心臓の血管の詰まり具合を診る。かなり注意を要する検査で、血管の状態によってはそのまま手術に突入することもある。

ヘラヘラした前川しか知らなかった莉緒は、意外にもデキる医者だと知って驚いた。やはり類は友を呼ぶのだろうか？

「それにしても、この調子が続くと循環器もウハウハだわ。城戸先生もシメシメって感じ？」

脳内が口から漏れて、キョロキョロとあたりを伺う。以前、城戸が乳腺外来にカメラを仕込んでいたのを思い出したのだ。

（いや、まさか。そこまでエゲツナイことはしないだろう。各診療室に監視カメラを設置するなんてお金もかかることだし……）

昼食を終えたので仕事を開始しても良いのだが、まだ休憩は三十分以上残っている。莉緒は前川から貰ったドリンクチケットを使おうと、地下のコーヒーショップに向かった。抹茶ラテを注文して出来上がりを待っていると声をかけられた。

「あれ、莉緒も遅かったの？」

「あ、香織も？」

仲良しの呼吸器科クラークの香織だった。受け取ったドリンクを手にカウンターに二人で腰をかける。

「前川先生すごい人気だね。莉緒ったら、老年内科が終わってから応援に入ったんだって？」

「そうなのよ。終わりが見えなくて焦ったわ。お昼ご飯が夕食の時間になるのかとガクブルだった」

「ワハハー」

ヘラヘラ笑いながらドリンクを飲む。抹茶の苦味が美味しくて、ほっこりする。幸せを嚙み締めていると、

「そう言えば……」

香織が話を振ってくる。

「莉緒聞いた？　ユーレイの噂」

「はぁ？　知らないよ。救急にでも出るの？」

幽霊の噂なんてものは、病院に一つや二つはあるものだ。霊感なんて全然ないので実害はないのだが、そんな噂があると怖い。だから霊感のある人は気の毒だといつも思っていた。それにしても香織は院内の運動サークルや委員会の書記などをしているせいか、顔が広く色々な噂を仕入れてくるものだ。

「それが、違うのよ。なんでも……」

香織の話によると、今は使われていない六階の病棟あたりで人影を見た看護師がいるのだという。認知症の患者が部屋から脱走したので探している最中に、立ち入り禁止の六階フロアから声がしたので向かうと、行方不明だった患者が座り込んでいたらしい。患者に駆け寄った際に、目の端に黒い影をとらえたと言うのだ。

「えっ、怖いよー！」

「だよね、黒い影って……」

（でも、変だなぁ……）

エレベーターは五階止まりになっているので、患者は階段で上がったのだろうか？　確か六階へ上る階段には柵があり鍵もかかっているはずなのだが……と、莉緒は不思議に思った。

「それにしても、認知症の患者さんが鍵のかかった柵を素手で外せるものかなぁ？」

「それがね、柵の鍵が壊されて外れていたんだって！」

「え、それじゃあ人間じゃん。ユーレイが柵を外せるわけないよ」

「そりゃそうだけど。なんでも少し前から五階のナースが当直の時に、上から物音や声がするって言い出して、霊がいるかもって噂があったらしいよ。勇者《もさ》が深夜に覗き見に行こうとするんだけど、流石に立ち入り禁止区域に入ることはできないって、今まで放置されていたんだって」

「やだ、知らなかった」

背筋がゾゾッと寒くなった。痴呆老人とはいえそんな場所にずっと潜んでいたなんて、かわいそうで怖すぎる。

「案外、ユーレイとお話をしていたりして」

香織の笑えない冗談に顔を引き攣《つ》らせるものの、さもありなんと思ってしまう。城戸はこの噂を知っているのだろうか？　会ったときに聞いてみようと、莉緒は脳内にメモをした。


「は、幽霊だって？」

午後六時、メッセージで呼び出された莉緒は院長室にいた。先日のキスのことは思い出さないように心に鍵を掛けてきた。そうしなければ平静ではいられない。

城戸はいつもと変わらない態度で、あんなことがあったのが嘘みたいな風情だ。もしかしてあれは自分の妄想だったのか？　と不安になってきた。そんな莉緒の気持ちなどお構いなしに、城戸が次々と仕事の話をふってくる。

「幽霊は、まぁいい……ところで、カタログ見た？　椅子とか決まったのか？」

「あ、はい。セブンスチェアーのレプリカがいいかなと」

「色はどうする？」

「二階は少し暗いので、どうですかね……疲れた職員の癒しの場にしたいと思っているんですけど」

「落ち着いた色にするか。じゃあ五階は広くて明るいから派手な色が良いか？」

「はい。下階はナチュラルカラーにして、上階はビタミンカラーにするのはどうですか？先生の家から持ち出す古いソファーやテーブルは、カバーをかけて二階に置きたいんですけど」

「OK。じゃあ、新しい椅子とテーブルは加地さんと数を決めてくれ」

「はい。あとはコーヒーマシンなんですけど……」

めちゃくちゃ仕事モードで張り切っていたのだが、ふと視線を感じて顔をあげると城戸がこちらを見つめていた。ドキッとしたものの、気がついていない風を装ってカタログのページを捲《めく》る。

「なあ」

「……はい」

伏し目がちに少しだけ警戒して返事をすると、城戸が困った顔で頭を掻いた。

「いや、いい」

そう言って冷蔵庫から水を二本取り出した。莉緒にポイと渡し、自分の分のスクリューキャップを捻《ひね》る。医療用ユニフォームのスクラブから覗く腕の筋肉や、水を飲む喉の動きがやけにセクシーで莉緒は目が離せなくなった。

見続けるのは失礼だし、色々な意味で良くない。それは分かっているのに、莉緒はずっと見ていたいと思う。

（いやいやいや！　だめでしょ私！）

城戸の尖った喉仏から視線を剝がして、莉緒はカタログに意識を集中した。動悸が激しい。油断をして素に戻ると、城戸の色気にやられて一気に動揺してしまう。ヒゲを剃っただけでこれだから、髪を切ってメガネを外したらどうなるのだろう？　我ながら情けなくなる。

「あのさぁ」

「は、はいっ！」

裏返った声で返事をすると、城戸が目をパチクリさせて莉緒を見た。数秒間マジマジと莉緒の真っ赤になった頰を眺めたあと、満足そうに微笑んで会話を再開した。

「さっきの幽霊の話、聞かせてくれ」

「あ……」

莉緒は香織から聞かされたことを城戸に話した。

「……で、結局柵の鍵はもっと頑丈なものに付け替えられて、認知症の患者さんは退院されたそうですけど。なんでも、少し以前から音や声が聞こえると、五階の病棟看護師の間では噂になっていたそうです」

「知らなかった」

「ですよね、私もです。外来には詳しいけど病棟のことはあまり知らないので、盲点でした」

「そうだな。病棟ナースの古株を探るか」

「探るんですか？」

「うん。加地さんにやってもらうよ。俺やお前が病棟にまで出張ると、何かと面倒だろ」

「そうですね。私だと、外来のクラークから何の用？　って言われそうです」

城戸と会話をしながら莉緒はカタログを見ていた。気になる商品を見つけて顔を上げたのだが……。

城戸の手が伸びてきて、頭のてっぺんを撫でられた。そのまま長い髪の毛を撫で下ろす。普段はひっつめ頭のままで家に帰るのだが、私服に着替えたので髪の毛もおろしていたのだ。やはり莉緒も自分が乙女であることを否定できない。少しでも女性らしい姿で城戸に会いたかったのだから。

城戸の手がまた髪の毛に伸びてひと撫でされた。好きにさせていると、城戸は莉緒の長くてウエーブのかかった髪の毛を愛おしそうに何度も撫でる。その感触に、うっとりと目を閉じそうになるのを必死に耐える。髪を撫でていた手が背中の真ん中で止まり、莉緒は軽く引き寄せられた。

「あっ……」

頭のてっぺんに重さと熱を感じる。城戸が髪の毛にキスをしたのだ。

「せ、先生……」

「いやか？」

良いとも嫌とも言えずに、莉緒はただ首を振った。嫌じゃない。それだけは伝えたかったのだ。

城戸がフッと笑った気がした。顔を上げると、待ち構えたように唇が落ちてきた。その感触は、最近知ったはずなのに懐かしい。口づけの後、莉緒は城戸の胸に体重を預けた。背中に回った腕に強く抱きしめられて、ホッと息が漏れる。なんだか疲れすぎて、城戸の腕の中でこのまま眠ってしまいたい……そう願っていた。

（気持ちいい……）

猫が身を擦《す》り寄せるみたいに懐いてしまった。

「ヤラせろなんてもう言わないから、俺と付き合ってみないか？」

「そっ、それは……」

口ごもる莉緒に、城戸はあくまでも優しい。仕事ではスパルタなのに、こういう場面で極甘に扱われると調子が狂う。それに、男性に求められたり大切に扱われたりという経験がないから、どう反応すればいいのか分からない。

城戸が自分みたいな女にどうして言い寄ってくるのかも理解できなくて、戸惑いが募るばかりだ。莉緒が返事をしないのは想定内のようで、城戸はまるで野良猫を懐柔するみたいな手つきで背中を撫で続ける。

「仕事では言いたい放題なのにな……俺は気が長い方だから、お前が慣れてくれるまで待つよ」

「せ、先生？」

「ん？」

「こんなことをされると、私……」

「いやか？」

「嫌とか、そんなんじゃないけど……」

「なら良い」


莉緒は最近知ったのだが、院長室に向かうには二つのルートがある。通常は、医局の前を通過して奥の院長室に入る方法。二つ目は、院長専用の駐車場から直接階段を使って入る方法だ。以前撮影スタッフが大勢でやってきた時には、見つからないように直接階段を上って院長室までやってきていたらしい。

いずれもＶＩＰカードを使っての入室になるが、莉緒は階段ルートを知ってから、外からの入出オンリーにしている。医局の前を通過するルートは誰かに咎められそうで怖くなったのだ。更衣室で着替えてから、院長専用駐車場に向かい城戸からもらった職員証を使って秘密階段への扉を開ける。ここで肝心なのは、オドオドキョロキョロしないこと。さもその扉に入ることが当然のように振る舞うことだ。

休憩室の備品選びに時間をとってしまい少し遅くなったので、今夜は城戸と二人で階段を使って帰宅することになった。院長室を出た踊り場からふと見上げると、階段はずっと上に伸びている。莉緒はなんの気なしに上の階段はどこに続くのか城戸に尋ねた。

「この上には何があるんですか？　屋上？」

「……いや。そろそろ知っておいた方が良いな。案内するよ」

「え？」

案内と聞いて、莉緒は首を捻った。通常一般の職員は別ルートで上の階に出入りできるものの、だだっぴろい書庫になっているだけで誰も用事がないので使わない。もう暗くなっているのに、これから屋上にでも案内してくれるのだろうか？

「え、もしかして、秘密の屋上庭園とか？」

「割と可愛いことを考えるな。そんな洒落たものをこっそり作るほど、親父はロマンチックじゃないぞ」

では、何があるのだろう？　まさか書庫に案内されるのか？　莉緒は城戸の後をついて階段を上りながら、次第にドキドキしてきた。外来棟の六階にたどり着くと、目の前に鉄の扉がある。ここにもカードリーダーが備え付けてあった。城戸が職員証でロックを解除すると、カチッと鍵が開く音が聞こえた。

重いドアを開けると、そこには……。

「うっ、寒い！」

最初は室内の寒さに驚いたのだが、どうみてもここは書庫には見えない。

「この光……何？」

真っ暗な空間に様々な光が点滅している。おまけに冷蔵庫の中かと思うほど冷え冷えとして、莉緒はブルッと震えた。

「寒いだろう？」

城戸が笑いながらスイッチをつけると、莉緒の目の前に想像をはるかに超えた空間が広がっていた。そこには何台ものスチール製の大きな箱が備え付けられている。その箱はどうやらコンピューター関連の機械のようだ。莉緒は低いモーター音のせいか、少し頭が痛くなってきた。

「ここは、電子カルテのサーバー室だ」

「……あっ！　ここが？」

この病院では電子カルテ等のデータをクラウドで管理せずに自らのサーバーで管理していたのだった。末端の事務職員にはそんなこと知る由もない。唖然として立ち尽くす莉緒に、城戸が説明をする。

「書庫の裏にこのサーバー室があることは、ほとんどの職員が知らない。皆は外来棟の六階を、巨大な書庫があるだけだと思っている」

「私もこんなものがあるなんて、思ってもいませんでした。ネットワーク管理は、総務の担当者とＩＴ企業から派遣された人がしているだけだと……」

「そのサーバー管理会社の作業場があっちだ」

　城戸が指をさした先のドアがいきなり開き、ひょろっとした若い男性が顔を覗かせ声を上げた。

「あ、城戸先生どうしたんですか？」

「見学。莉緒、ウチが契約しているサーバー管理会社の森田《もりた》くんだ。森田くん、僕の相棒の秋山さん」

「秋山です。よろしくお願いします」

「どうも、森田です。城戸先生にはお世話になっています」

「あの、たまーに売店とかでお会いしますよね？　職員じゃないし、患者さんでもなさそうだったので誰なんだろう？　っていつも思っていました」

「気づかれていたんですか？」

　森田は意外そうにつぶやいた。

「はい。一緒に体格の良い長髪の男性と歩いていましたよね……その方も同僚さんですか？」

「あ……」

　森田が困惑した表情で城戸を見る。

「莉緒、長髪の男性は事情があって今はいないんだ。それにしてもお前、よく人の顔を覚えているなぁ」

「そうでもないです。長髪の男性なんて今時珍しいので覚えていただけです。だから森田さんの顔も……」

話をしている最中にも、パーテーションで区切られた奥からキーボードを叩く音が聞こえる。

「それにしても、こんな世界が外来棟の六階に広がっていたなんて、すごく不思議な感じです」

「俺も初めてこのサーバー室を見た時には度肝を抜かれたよ。ま、いずれデータをクラウド管理することになったらここは撤退するんだろうけど、まだ先の話だ」

「そうなんですね。あの、パーテーションの向こうには何が？」

莉緒の問いに、城戸は苦笑しながら説明をする。

「やっぱり聞くか？　だよな。ネットワーク管理者の部屋にしては広いってか？」

「いえ、そんなことは……」

城戸のことだ、こんな秘密基地があるのなら、院内に仕掛けた監視カメラのモニタリング室もこちらにあるのではないかと莉緒は思ったのだ。

パーテーションの奥には、莉緒の予想を軽く超えた世界が広がっていた。

パソコンに向かって仕事をしているのはメガネをかけた若い女性で、怒濤《どとう》の如くキーボードを叩いている。女性は視線を画面に向けたまま、城戸に話しかける。

「城戸先生、お疲れ様です。すみません、これ病院の仕事じゃなくて社長から今夜中にって振られた仕事なんです。ここで終わらせて帰ろうかと……」

「無理しないでくれれば、別に問題ないよ」

女性の指の動きにも驚いたが、それよりも夥《おびただ》しい数のモニターに莉緒は呆気にとられていた。壁一面に備え付けられたモニターは一体いくつあるのだろう。

「先生は、これで上田先生のセクハラ場面を見ていたんですね？」

「その通りだ。莉緒、やりすぎだと思うだろうけど、これは絶対にスタッフを監視するための装置じゃないんだ」

「……わかっています。頭ではわかっているんですけど、ちょっとショックで……」

莉緒はモニターを眺めながら、ふと思いついたことがあった。今日城戸に話した幽霊騒動をモニタリングで解決できないだろうか？　ということだ。

「先生、あの……監視カメラを病棟の六階に置くことはできますか？　暗くても写せる高感度のカメラとか……」

莉緒がそう言うと、城戸はククッと笑った。

「お前の話を聞いて、森田に依頼しようと思っていたよ。莉緒もやっぱり同じことを考えるんだな」

「こんなものを見せつけられたら、誰だって思いつきますよ。先生、絶対に鍵を壊して六階に忍び込んだのは人間です。誰が何のために忍び込んだのか、確かめなくちゃいけないですよね？」

「何か問題が起こってからでは取り返しがつかないからな。心配するな、ちゃんと指示するから」

「お願いします」

莉緒が頭を下げると、城戸は森田達に声かけをする。

「六階をモニタリングしたいんだが、説明はまた後日にする。来週末の休憩室整備の手伝いも頼むぞ」

「はい。準備はできています」

森田が答えると、莉緒も鼻息荒く頷く。莉緒も手伝いに駆り出されることは間違いないからだ。


翌週の週末。人気のない外来棟は、他の棟との往来を防火扉でシャットアウトされて、二階と五階の休憩室への備品搬入が秘密裏に行われた。莉緒も動きやすい服装で手伝いにやってきた。二階の休憩室に向かうと、すでにアイボリーカラーのチェアとテーブルが搬入されている。配置を整えていると、院長宅からも棚や小テーブルが持ち込まれてきた。家具を乾拭きして、小物を飾っていく。入口を半透明のドアに変更するために業者が作業を始めた。莉緒が業者にはお構いなしに、加地が手配してくれたオフィス用レンタルコーヒーサーバーを設置してカプセルやカップホルダーを飾っていると、ネットワーク管理室の森田がやってきた。

「あ、お疲れ様です」

莉緒が声をかけると、ペコリと頭を下げて小声で返事をくれる。

「おつかれさまです。秋山さんも大変ですね、」

「いいえ。森田さんこそ、いつも遅くまで大変ですね。今日は何をされるんですか？」

「各入口にカードリーダーを設置するんです。それから、五階には壁側に長机を置いて、ちょっとしたカフェ風にするように言われています。ネット環境は作れないですけど、そこで仕事をしたがるドクターもいるかもしれないと言われて」

医師の事情までは考えていなかったので、莉緒はなるほどと思った。ここは休憩室として開放されるのだから、医師や休憩中の職員がカフェ感覚で持ち込みのパソコンを操作しても良いわけだ。

（なんだか、開放感のある素敵な休憩室になりそうだなぁ……）

月曜から開放されるこの休憩室を職員達が喜んで利用する姿を想像して、莉緒はワクワクしてきた。二階の作業が終わり、五階に移動する。五階は既に出入り口のドア変更やカードリーダー設置も終了し、城戸と加地が梱包を解いて備品を動かしていた。

「お疲れ様です」

莉緒が元気よく入っていくと、城戸が「よお」と手を挙げた。加地も目で挨拶を返してくる。オレンジやイエロー、ピンクなどの明るい色のチェアと白い丸テーブルの配色は見ているだけで気分が良い。半透明のパーテーションの奥には長テーブルが壁に向かって設置されており、ここでは森田の同僚の林《はやし》が配線工事業者の手伝いをしていた。

「は、林さん、お疲れ様です」

前回言葉を交わしていないので、なぜか緊張して莉緒は声をかける。

「お疲れ様です」

寡黙なタイプらしく林はそれだけ言うと、黙々と作業を続けた。莉緒はここでもレンタルコーヒーサーバーの設置をして、テキパキと立ち働く。あらかた備品を搬入して部屋全体を眺めると、真っ白い壁が殺風景だと感じる。院内テナントのシアトル系カフェみたいにスタイリッシュな壁にする必要はないけれど、やはり真っ白では寒々しい気がした。莉緒が腕を組んで壁を眺めていると、城戸がそばにやってきた。

「あらかた作業は終わったようだな」

「はい、あっという間に終わっちゃいました。加地さんが業者さんと話を詰めてくださったおかげですね」

「……そうだな。おい、壁を睨んでどうした？」

「あの、少し殺風景だなと思って」

「そうか？」

城戸が壁から少し離れて眺めていたが、莉緒のところまで戻ってきて「それもそうだな」と呟く。壁のことは考えておくと言うので、莉緒は頷いた。

「莉緒、試しにコーヒーを淹れてみるか？」

いつの間にか、業者は作業を終えて帰ってしまった。城戸と加地、そして林と莉緒だけになっている。

「そうですね。先生、何が良いですか？」

城戸が皆に好みを聞いて回り、ついでに二階で作業をしている森田にも上がってこいと電話をしている。莉緒はカプセルを選んでコーヒーを淹れることにした。

（皆、初めは淹れ方に慣れないだろうから、手順を書いて貼っておこうかな）

やることを色々考えているうちに最初の一杯ができた。城戸にカプチーノを渡して、加地が選んだコロンビアを淹れる。出来上がりを待っていると、林がおずおずとほうじ茶ラテのカプセルを持ってきた。

「あ、ほうじ茶ラテ。良いですね！」

莉緒がいうと、うっすらと笑って側で出来上がりを待っている。そして小声で莉緒に頭を下げる。

「淹れてもらって、すみません」

「あ、いいえ、全然！」

（愛想がないんじゃなくて、きっとシャイなんだね）

莉緒の周りには、城戸を筆頭に主張がはっきりした人間が多いので、林のようなタイプは新鮮だった。二階からやってきた森田も甘いカフェモカのカプセルを選んでいる。ＩＴ系の人って、頭使うから甘党なのかな？　などと考えながら皆の飲み物を作る。

好きな席に掛けて、五人は温かい飲み物でホッとひと息をつく。相手の思惑を探ったり、気を遣ったりしなくて良いメンバーだから、とても仕事がやりやすい。

コーヒーを飲みながら城戸が森田に仕事の話を始めた。六階のカメラ設置のことだ。森田は淡々と頷いている。

「週の初めに設置してから、今のところ潜んでいる人物などは写し出されていないようです。明日、カメラの設置場所を変えてみます」

「くれぐれも病棟の職員に気づかれないように頼むよ」

森田は頷いているが、そんなことができるのだろうか？　病棟に休みはなく、始終人が出入りしている。五階の病棟を通らずに六階に行けるはずがないではないか。莉緒は首を傾げて城戸を見た。莉緒の考えていることが分かったのか、城戸がわけを説明する。

「今使われていない六病棟と外来棟の間は、今は防火扉で閉じられているから、それを少し開けて六病棟へ入っているんだ。まあ、防火扉を開けなくても、天井からでも入れるけどな」

「天井ですか？」

莉緒が驚いて声を上げると、森田と林が頷く。

「天井には色々なケーブルが通っているので、僕たちはそこに潜り込んで作業をすることがあります」

「へえ？」

自分たちが仕事をしている時にも、森田達がもしかしたら天井を動き回っていたのかもしれないと思うと、なんだか忍者みたいだと莉緒は思った。

「忍者みたいですね」

城戸がクスッと笑う。

「職員に姿を見せずに移動して作業をしているから、まぁ忍者っぽいな」

「売店以外でネットワーク管理会社の人をあまり見かけないのはそのせいなんですね？林さんも先日初めてお会いしたし……それにしても、わざと存在を隠しているように思えなくもないですけど」

莉緒の言葉に、森田が俯いて林が固まった。城戸は頭を掻いて唸《うな》っている。

「坊ちゃん、秋山さんに話して差し上げたらどうですか？」

加地の言葉に城戸がまた唸った。莉緒は呆れたように城戸に問う。

「え、先生。まだ何か秘密があるんですか？」

「ネットワーク管理会社の社長は、城戸まりあだ。俺のお袋だよ」

「……」

まりあという名前も意外だったが、それよりも城戸の母がＩＴ会社の社長だということに莉緒は驚いていた。

「それは……その、びっくりです。でも、それがどうして森田さん達が姿を見せない理由になるんですか？」

「お前、絶対にそういうとこ聞き逃さないよな？」

とーぜんです。と言いたいところだが、おふざけは封印した方が良さそうだと思い莉緒はただ頷くだけにした。

「ネットワーク管理は表向き大手のＩＴ会社に外注しているんだが、実際にはそこからお袋の会社に丸投げ状態なんだ。それは電子カルテの導入時からずっと続いている。優秀な人材を派遣してくれるから問題はないものの、院長の元妻の会社と取引をしていると、何かと難癖をつける人物がいるから隠しているんだ。総務の担当者は昔から加地さんで、今も担当は変わらない。……で、親父を出し抜いて病院を牛耳ろうとしている副院長は、森田達を大手のＩＴ会社の社員だと思っている。お袋の会社が絡んでいることはバレていないんだ」

「バレたらいけないんですか？　というか、副院長にそんな野望が⁉」

「親父が病気になってから、彼は自分が院長になることを公言して憚《はばか》らない。理事会が終わるまでは、絶対にバレないようにしたいんだ」

いつになく城戸が厳しい顔で言い切った。莉緒はわけがわからないので、話に付いていけない。そこに、また加地が助け舟を出す。

「坊っちゃん、秋山さんに長谷川《はせがわ》さんの話をした方が良いと思いますよ」

加地の言葉に、城戸が渋々頷いた。

「あのな……」

莉緒も知らなかった副院長の『悪事』について、城戸が説明を始めた。

この病院の副院長は脳外科医の田中医師だ。この医師、患者から袖の下を受け取ったり、取引会社と親しすぎたりと、黒い噂の絶えない人物だ。それくらいは莉緒も知っている。しかし、古参だけあって院内で力を持っている。おまけに、副院長なので、この病院の理事の一人でもある。今までは田中に物申す勇気のある人物は、院長以外にはいなかった。

その田中が、ある患者から訴えられて騒動になっていた。患者を取り違えて誤った点滴処方をしたために後遺症が残ったのだ。ちょうどその頃、院長が体を壊しバタバタしていたために、田中の訴訟問題は棚上げとなっている。

しかし田中は院長不在の間にさっさと解決したいと思い、ある作戦を思いついたのだ。それは社会人として、医者としてはあってはならないこと。自分に不利益なカルテの記載文章を削除するというものだった。田中が目をつけたのが、お金に困っていたネットワーク管理者の長谷川だった。田中はパソコンオタクで、長谷川によく自作PCの相談をしていたので二人には親交があった。長谷川がふと漏らした言葉を田中は覚えていたのだ。

「ネットゲームで知り合った女性と親しくなったが、女性には夫がいた。そればかりか、その夫に大金を要求されて困っている」と……。

長谷川が女性の夫から要求されている三百万をまるごと融通する代わりに、カルテの文章を消し去って欲しいと田中は頼んだのだった。長谷川は文章を削除してお金を受け取った。そして病院から忽然《こつぜん》と姿を消したのだった。それが一ヶ月前のことだ。

「そんなことが……田中先生、ひどい！　……でも、どうして城戸先生はその経緯を知ることになったんですか？」

「長谷川が森田に金の無心に現れて、告白したんだよ」

「えぇっ！　つらい」

莉緒は思わず叫んだ。以前見かけた長谷川の小太りでオタクっぽい姿を思い出すと、哀れさが増す。

「長谷川も会社に相談すればいいものを、社長に叱られるのが怖かったのか……本当に情けない。親父が入院したから患者への対応は棚上げされたままだし、田中医師は弁護士にそんな事実を記した記事はないから自分は潔白だと言い張っているし、めちゃくちゃだ」

院長が退院しなければ、病院としては動けないというわけだ。

「マズイですよね。カルテ文章の削除だなんて」

「ああ。でも実はバックアップをとっているから、カルテ文章は永遠に消し去られているわけではないんだけどな」

「え、そうなんですか⁉　よかったー。それにしても、田中先生はゲスいですね。どうにか改心してくれないものでしょうか？」

「改心は無理だと思うが……莉緒、お前ならどうする？」

「……長谷川さんをさがして、話を聞きます。それから、弁護士に相談します。その上で、患者さんとは誠心誠意話し合って賠償を約束して、それでもダメなら……残念ですが裁判でしょうか。もちろん削除したカルテ文章は元通りに……」

　最後は小声になってしまった。言うは容易いが、裁判なんて大変なことだ。

「だよな。俺も親父も似たような意見だ。なあ森田、長谷川はあれから……？」

「アパートは家賃滞納で追い出されたらしく、故郷の両親とも音信不通みたいで、どこにいるのか……。僕、三万円も貸したのに」

「え、貸したのか？　そりゃつらいな。俺から社長に言っとくよ」

「すみません。お願いします」


　ネットワーク管理会社のスタッフが田中医師のようなゲスい奴に利用されないように、できるだけ存在を隠しているのはわかった。しかし、理由はそれだけではないだろう。例の隠しカメラでのモニタリングも城戸の肝いりでネットワーク管理会社が行っている。案外そういうおおっぴらにできないことを長年行ってきたから、院内に潜んでいる反体制派に見つからないように身を潜め社長の存在を隠しているというのが真相ではないか？　莉緒はそう睨んでいた。

（ま、城戸先生に指摘はしないけどね）

　行方不明の社員の話は切なかったが、準備は完璧に終了し、明日の休憩室お披露目に間に合いそうだ。なんでも、休憩室のお披露目の際には、「院長が病床から指示をして、総務で作り上げた」ということになるらしい。

翌朝、莉緒が内科外来フロアに向かうと、なんとなく皆の雰囲気が明るい。いつもは渋い表情の外来看護主任までもがうっすらと笑顔を浮かべている。患者がいるので、人目につかないようにヒソヒソ話に花を咲かせる職員もそこかしこにいる。どうしてなのかと知り合いの看護師を捉まえて聞いてみた。

「ねえ、皆がニコニコしているのはどうしてですか？」

「あら、全体メール読んでないの？　院長先生からのお知らせ！」

「あ、ああ……」

お知らせの件はあらかじめ知っていたので、莉緒に別段感動はない。皆、よかったね……と、遠い目になる。自分が皆とは違う立場にいることで、思わぬ孤独感を味わってしまいそうだ。

「新しい休憩室、院長先生が指示して作ってくれたらしいわよ。そろそろ復帰なさるのかしらね？　嬉しいじゃないの。早速時間ができたら、休憩室にも行ってみなくっちゃ」

「楽しみですね」

「院長先生、お元気なんだよね。こんなメールを送ってくれるくらいなんだから」

話に加わった香織の言葉にドキッとする。城戸が送ったメールを、皆は院長からだと思っている。それで元気になったのかと喜んでいるのだ。本当のところ、院長は今どんな状態なのだろうか？

（城戸先生に聞いてみたいけど、もし容態が悪かったら……聞くのが怖いなぁ）

今日は総合診療の大畑《おおはた》医師に付くのだが、この医師も人気者で患者が多い。今日の昼食は何時になるんだろう？　と、始まる前から気が重い。院内ＳＮＳを開くと、全体メールが届いていた。皆が噂していた院長からのお知らせの内容は、二階と五階に職員専用の休憩室ができたこと。職員証をかざして入室することとなどなど……が書かれている。

全体メールを閉じようとすると、またメールが届いていた。城戸からだった。

『院長名義でDr.全員にメールを送っている。内容を簡単に言うと、当院では患者や業者からの付け届けは受けない方針なので、断りきれずに受けた場合には職員休憩室の消耗品購入に充てるための寄付を推奨する。なお、窓口はクラークの秋山莉緒である。受け取ったら名簿を作り、一旦は加地さんに預けるように。よろしく頼む』

というものだった。

（ゲゲゲッ！　城戸先生ったら、なんてことを……）

自分の名が挙げられているメールの内容に思いっきり動揺していると、大畑医師が入ってきた。ふと莉緒に顔を向けると名札に目をやり顔を二度見される。

（なんだろ？）

いつもは静かで無駄口を叩かないし莉緒のことなど気にも留めない人だけに、余計に気になる。もしかして、城戸と一緒にいるところを見られた？　それとも、このメールのせい？　など……おおっぴらにできない活動を多々行っているだけに、悪いことをしているわけではないのに一人で妙な汗をかく。

「あの、大畑先生、何か？」

「いいえ」

医師はなぜか遠慮がちに莉緒を見やって息を吐くと、一人目の患者のカルテを開いた。

午前の診察が終了してホッと息をついたところで、大畑医師がおずおずと莉緒に封筒を差し出してきた。

「あの、これ……。休憩室の消耗品購入に充ててください」

「えっ⁉」

早速⁉　莉緒は差し出された封筒を凝視する。

「以前断りきれずに受け取ってしまって、ずっと困っていたんです。行き先が決まってホッとしました。皆の役に立つのなら、贈ってくれた人も喜んでくれると思います。よろしくお願いします」

「は、はいっ！　お預かりします」

恭しく受け取って、莉緒はカードケースに挟んだ。

（もう、城戸先生ったら！）

「そういえば……秋山さんは院長の……？」

「はい？」

言葉を切ってこちらをシゲシゲと見る大畑医師に、莉緒は冷や汗をかきながら対応する。きっと院長とどんな関係？　と聞きたいのだろう。あいにく院長先生とは何ら関係はない。院長と名字の違う息子にこき使われているだけなのだが、それを言うわけにはいかない。

「あの私、その……総務のお手伝いをしているだけで……」

総務の加地と一緒に城戸に仕えているのは嘘ではない。莉緒は苦しい言い訳をした。

「そうですか」

ボソボソと呟くと、大畑医師は外来を出て行った。後に残された莉緒は、大きな息を吐き心に誓った。

（もう！　絶対後で、城戸先生に謝ってもらうんだから！）

「城戸先生、あんなメールをドクターに送るんなら、先に教えてください」

終業後、莉緒は院長室に入るなり城戸に物申す。仕事が終わると院長室に向かうのが最近の莉緒の日課になっている。城戸はパソコンに向かって忙しそうに仕事をしていた。

「あっ、ごめんなさい」

引き返そうとすると、城戸が引き止める。

「もうすぐ終わるから待っててくれ。あ、よかったらコーヒー淹れてくれないか？」

ぼんやりと座って待つよりはコーヒーを淹れている方が気楽だ。莉緒は言われた通りにコーヒーメーカーをセットした。

しばらくするとコーヒーの豊かな香りが室内を満たす。茶色い液体がポタポタと落ちる様子をぼんやりと眺めていると、怒りもすっかり治まっていた。気がつくと、いつの間にか城戸が隣に立っている。

「あ、終わったんですか？」

「うん。悪かったな、先に言わずに。言うとお前絶対に拒否するだろ？」

「しますけど」

読まれていたわけだ。それにしても人が悪い。

「もしかして、早速反応があったのか？」

「ありました。大畑先生が患者さんからお金を渡されたものの、返すこともできずに困っていたそうです」

そう言って封筒を差し出す。城戸は封筒を受け取りチラッと中身を見ると莉緒に返した。

「すごい金額だな。……後はよろしく」

そう言うだろうと思っていた。莉緒がコーヒーを手渡すと、ニヤッと笑って受け取る。

「それはそうと、休憩室は初日から賑わっていたそうだな」

「あ、そうですね。ちょっと昼休みに覗いたんですけど、満員で皆楽しそうでした」

「飲み物は有料にしてよかったのか？」

「五十円で美味しい飲み物とオヤツがいただけるんですから、安いものです。お金が集まればまたコーヒーを買う資金になりますし」

色々な方面から集められた休憩室の運営資金は、加地が帳簿をつけて総務の金庫に入れてくれることになった。大畑医師から受け取ったお金も加地に渡してコーヒーやオヤツを買う資金となる。それにしても、加地がいてくれて本当に良かった。莉緒一人では、忙しすぎて本業のクラーク業務が疎《おろそ》かになっていたかもしれない。

「医局でも好評だった。特に行き場のない研修医や非常勤の若手医師達は、医局で肩身が狭いから喜んでいたよ」

「先生の狙い通りだったわけですね。よかった」

「莉緒のおかげだ。今度、森田や加地さんも誘ってメシに行こう」

「メシ……肉ですか？」

莉緒が食いつくと、城戸が呆れ顔でいう。

「お前男子か？　森田でさえ寿司とかフレンチが食べたいって言っていたのに」

莉緒は肩をすくめて立ち上がった。

「森田さん、胃袋が乙女ですね。じゃ、私はこれで」

「帰るのか？」

「はい。今日は久しぶりに定時で帰ります」

外階段に続くドアに向かうと、城戸が駆け寄ってくる。

「悪いな、色々ありがとう」

かしこまって言われると、ちょっと不安になってきた。

「今更そんな風に言われると、逆に怖いです。何かありました？　あ、それとも、これでお役御免とか？」

「……口の減らないやつだな。お役御免なんて、未来永劫《えいごう》ないって言ったらどうする？」

城戸の言葉に莉緒は固まった。無理だ！　未来永劫って何？

「城戸先生、そんな恐ろしいことを言わないでください。じゃ、私は帰るんで」

ドアを開くと、猛ダッシュで階段を走り下りた。胸がドキドキして心臓が潰れるかと思った。病院からかなりの距離遠ざかったところで、振り返る。

灰色の六階建ての棟がいくつも立ち並ぶ井出総合病院を見上げる。今日の城戸のセリフは忘れよう。色々と面倒だし、後が怖すぎる。

五階から階段を駆け降りたので今になって疲れが出てきた。莉緒は肩を落とし、とぼとぼとバス停に向かうのだった。


「ねーねー、莉緒」

「んー？」

この日も毎度のことながら、莉緒は二階の休憩室で遅い昼食を摂った後、香織と共にコーヒーを飲んでいた。この休憩室ができて一週間、テナントのコーヒーショップの売り上げが少し落ちて、店長が院長を恨んでいると噂で聞いた。今度コーヒーでも飲みに行って、落ち込んだ店長を元気づけようかと、香織と言いながら笑った。

「整形の非常勤ドクター達を見た？」

目ざとい香織が、新任ドクターの噂話を始める。

「知らない。どんな先生？」

「若い、割とイケメン。O大とK大からだってさ」

「ほぉ、県外から？　最近、県外からの先生が増えてない？」

以前は副院長の肝いりで県内の国立大学からの応援が多かったのだが、ここのところ県外の有名大学からの非常勤医師が増えてきた。

（城戸先生がスカウトしているのかな？）

そう思ったが、香織に言うわけにはいかない。

「そういえばさあ、城戸先生の出身大学って、知ってた？」

いきなり城戸の名前が出てオドオドする。

「し、知らない」

「それがさあ、びっくりなんだけど……」

聞くと、日本の最高学府だと言う。莉緒は度肝を抜かれて何も言えない。莉緒がついている老年内科の佐竹医師も同じ大学だったと思い出す。

「佐竹先生も同じ大学だね」

「そうだねー。佐竹先生はもちろんすごい先生なんだろうけど、おじいちゃんだしノホホンとしているから、ありがたみが薄いね。それに比べて城戸先生は、外来診療の数こそ少ないけど、オペを数多くこなしているらしいし、やっぱりキレッキレの外科医って噂は本当だったんだね」

「そうなんだ。もしかして、オペは外科医長案件を手伝っているの？」

「らしいよ。オペ看が噂していたけど、めちゃくちゃ手早くて丁寧なんだって」

「へえ」

「なんてったっけ……そうそう！　怒号や器具やスリッパが飛んでこないし、オペを途中で投げ出さないし、手の動きがシャープでセクシーで、ファンになっちゃうってさ」

「はぁ？」

オペにセクシーもないもんだと思うけれど、どんな手捌《さば》きなのか見てみたいと思ってしまう。オペ看からファンが増えてきたら、正体がバレて顔を晒した後が怖い。そうなると、あまり親しくもできないなと思う。

それに、佐竹医師だと出身大学がT大でも恐れ多いと感じないのに、なぜか城戸がそうだと怖気付いてしまいそうだ。

（今だけは言いたい放題しているけど、やっぱり遠いな……）

翌日。循環器科は例によって大賑わい。莉緒は佐竹医師の老年内科が終了してから、また応援に入ることになった。

「莉緒ちゃん来たー！」

前川がヘラヘラと手を振るが、若干疲れた表情だ。今日の患者は何人だろうかと電子カルテを覗くと、安定の七十人越え……。

「前川先生。が、がんばりましょう！」

「うん。でもその前に」

引き出しからチョコレートを取り出すと、莉緒と看護師に渡す。莉緒達は至福の時を一瞬味わって仕事に戻った。

怒濤の如くキーを叩き、ＳＯＡＰを入力する。前川の指示通りに投薬のオーダーをして患者を送り出す。それを何度も繰り返して、最後の患者が診察室から出て行った。

「……はーっ、終わった」

「お疲れさま。今日も多かったね～。莉緒ちゃんこれから食事？」

「はい。今日は売店でお弁当を買おうかと」

「もう売り切れてるでしょ？　一緒に下のコーヒーショップに行かない？」

「え、良いんですか？　あ、あの看護師さんも……」

看護師は弁当を持ってきていると言うので、前川とコーヒーショップに向かう。途中で前川はピッチで誰かを呼んでいる。城戸かと思ったが、どうも違うようだ。

「莉緒ちゃん、知り合いが同席してもいい？」

「はい、良いですよ」

莉緒と前川はサンドイッチとドリンクを手に丁度空いていたソファー席に腰を掛けた。

しばらくすると、爽やか系の若手医師がやってきた。急いでやってきたのか、白衣を着たままだ。

「あ、ここ！」

前川が手を振ると、ホッとした表情で白衣を脱ぐと同じテーブルについた。

「彼は整形の山形《やまがた》くん。実は僕の病院でも非常勤をしてくれているんだ。山形くん、彼女が秋山さんだよ」

「秋山さん！　はじめまして山形です」

「はじめまして秋山です。あの、色々な科でクラークをしています」

(彼女が秋山さんって……一体何？　私が噂になっているの？)

前川の含みのある紹介に、莉緒は戸惑いを隠せない。チラッと前川を見やると、にっこりと微笑まれた。

「山形くんは今日の午後リウマチ外来をするんだけど、いまいち電子カルテの操作に自信がないんだって。莉緒ちゃん教えてあげてくれない？」

(え？　それってウチの主任の仕事なんですけど？)

と思ったものの……実は主任はドクター達に人気がない。説明が要領を得なくてイラつくとよく聞くのだ。

「あの……リウマチ外来は何時からですか？」

山形医師に尋ねると、邪気のない爽やかな笑顔を向けてくる。

（うっ、眩しい……）

腹黒の隠れイケメンを毎日見慣れているせいか、邪気のない若手が眩しくて仕方がない。

「午後二時半からです。数分でも良いので、昼食が終わりましたらお願いします」

初めて医師から敬語でお願いされて、莉緒は断るに断れなくなってしまった。

「は、はい。わかりました」


夕方からは城戸の家で例の打ち上げが行われた。なぜか休憩室作りを一度も手伝っていない前川もちゃっかりいる。

城戸家のダイニングに六名が揃ったのだが、ここでも莉緒は度肝を抜かれた。

なんと、シェフがキッチンに立っているではないか！　聞くと、市内で一番高級なホテルのフレンチシェフだと言う。莉緒達が着く前から前菜はテーブルに並べられていた、おまけにテーブルの真ん中にホテル内の寿司店から運ばせた寿司の盛り合わせもドーンと置かれている。森田が飛び上がって喜んだのは言うまでもない。

莉緒の隣に座った林も小声で喜びを口にする。

「お寿司……久しぶりです」

「林さん、お寿司好き？」

「はい。大好きです」

一見ツンデレ系に誤解されそうな林の可愛さに莉緒はすっかり庇護《ひご》欲をかきたてられ、

甲斐甲斐《かいがい》しく寿司を小皿にとってあげたりしていた。間もなくキッチンから肉を焼く音とともに食欲をそそる匂いが漂ってきた。振り返ると赤い炎が上がっている。

「ぎゃー、肉だ！」

「最高級のフィレ肉らしいぞ」

「うっ、先生大好き。あ、肉がね」

莉緒のお決まりのセリフに、正面に腰をかけた城戸が苦笑する。莉緒の右隣に陣取った前川が笑いながら話しかけてくる。

「莉緒たん、山形くんが喜んでいたよ。医局がクラークを付けてくれないから困っていたんだって。またちょくちょく教えて欲しいってさ」

「え、大したことしてないですよ。リウマチ外来だから入院の書類を作ることもないし、オペもないだろうから簡単なことだけ説明しました。あとは、書類作成アプリの説明とか」

「山形くんなら手術にも入るぞ。とは言っても、その手の書類は常勤医が作るだろうけど」

「リウマチでもオペあるんですね。すみません整形外科に疎《うと》くって」

「いや。でも、なんだってまた山形くんが？」

城戸が不思議そうに言う。そう言えば、整形のクラークに聞けば良いものをどうして自分だったのだろう？　莉緒が首を傾げると前川が驚くべき発言をした。

「莉緒たんを見かけて、かわいいなーって思ったんだって。だからコーヒーショップに誘って話しかけるチャンスを僕が作ってあげたんだ」

「ええええっ？」

テーブルについていた全員がどよめく。一番驚いたのは当事者の莉緒だが、城戸が苦々しそうに前川を睨んでいる。

「前川。お前……面白がってるな？」

「えっ、そんなことないよぉ」

一気に城戸が不機嫌になったが、莉緒の一言で場の雰囲気が和む。

「私が可愛い？　お気の毒に。山形先生って、よっぽど視力が弱いんですね。あ、きゃー！　肉がきたー！」

莉緒の目の前に、最高級のフィレ肉が置かれた。莉緒にとって山形は肉よりも下の存在だ。

「城戸先生、最高ですねっ！　私、散々こき使われてコンニャロメって思ったこともありましたけど、もう忘れます」

「コンニャロ……。そりゃよかった。たらふく食べろよ」

莉緒の言いたい放題にも慣れっこになっているのか、城戸は淡々と反応している。

食事が終わり、ネットワーク管理会社の二人はご機嫌で帰っていった。加地も妻が迎えにきて屋敷を出て行く。後に残ったのは、へべレケに酔った前川と、それと同じ量を飲んだのに顔色一つ変わらない城戸。そして、ちょっとだけ飲んだワインでテンションが上がったままの莉緒だ。莉緒は片付けを手伝おうと思って残ったのだが、酔い潰れて軟体動物みたいになった前川を城戸と客間に運ぶ羽目になった。とは言っても、城戸が肩を貸して、莉緒は前川の荷物を手に廊下を進むだけだ。

客間は廊下の先にあった。前川を下ろすと、「くー」と一言唸ってスヤスヤと眠りについた。

「こいつ、朝イチで帰らなきゃいけないのに、大丈夫かな?」

「目覚ましかけとけば大丈夫じゃないですか。前川先生は見かけによらず丈夫そうだし」

前川には塩対応の莉緒が言う。

「そうだな。おい、茶でも飲もう」

応接間についていくと、城戸がお茶の用意を始める。

「先生、私がやります」

「いいよ。お前ちょっと酔っているから、熱湯が危ない」

いとも簡単に大変な仕事を振ってくる男なのに、こういう細やかな心遣いをたまに見せる。そこに城戸の優しさを感じて、莉緒の胸がじんわりと温かくなる。

(私、やっぱりこの人が好きなのかな……)

頰を染めても、酔いのために最初から赤かったので、胸の内を悟られずにホッとする。

カップとソーサーを手渡されて両手で受け取った。

「落とすなよ」

口に含むと、柑橘系の香りが爽やかだ。

「美味しい」

「昼間にはコーヒーの気分だけど、夜には紅茶なんだよな」

「……なんとなくわかります。紅茶って一日の終わりに飲んでホッとしたいですよね。とは言っても、私は朝も紅茶派ですけど」

「そうなのか？」

「はい。パンにバターと美味しいジャム塗って、ヨーグルトとりんご、そして紅茶ですかね」

「随分とエレガントじゃないか」

「えへ。根が上品なもので」

　笑いを取るつもりが、城戸はニコリともしない。生真面目な顔で莉緒を見ている。二人の距離はほんの一メートル半ほど。気がつくと、ビリビリとした電流みたいなものが空間に潜んでいるように感じられる。先生、そこ笑うところですけど？　そう言おうとして顔を上げた。しかし……。

「せ……」

　莉緒の言葉は、城戸の唇に遮られて途切れた。まるで瞬間移動したみたいな素早さで、城戸が間近にいた。唇を重ねたまま莉緒の紅茶は取り上げられ、熱い体が押しつけられてギューっと抱きしめられる。城戸にキスをされるのは初めてではない。いつもそうだ、いきなり奪われるから、キスとは嵐のようなものだと思っていた。いつも嵐は唐突に始まって終わる。

しかし、今回はどうも様子が違うみたいだ。角度をかえて何度も柔らかい唇が押しつけられる。目を閉じて心地よさを味わっていると、舌先が閉じた歯をつっつく。

「あ……」

少しだけ開くと、するりと温かい舌が入り込んで来る。中をくまなくなぞられ、くすぐったいような感触に、体の中心からザワザワと得体の知れない感覚が湧き上がってくるようだ。

「山形と、茶なんか飲んだりするなよ」

唇の先を触れ合わせたまま、城戸がボソリと言う。

「それは……」

「もう誘われても行くなよ」

「行きません……よ。今日だって、前川先生に誘われたからだし」

少しだけ拗ねたような顔つきをされて戸惑いを感じるけれど、甘やかな気持ちがじわじわと湧いてくる。城戸の唇がまた落とされそうになって、莉緒はつぶやいた。

「先生、私、キスを許してないです……」

「良いんだ」

そう言うとまた唇を奪われた。いきなり強く吸われ息ができない。上半身がピッタリと合わされて、背中を大きな手が忙しなく動き回る。頭を鷲摑みにされ、長い髪の毛が乱される。

城戸のスイッチがいつ入ったのかもわからないまま、莉緒はされるがままになっていた。嫌じゃない。それどころか、口づけや熱く忙しない掌を悦んで受け入れている。

「んっ……」

互いの粘膜の湿った音や衣擦《きぬず》れが静かな部屋を満たしていた。思わず漏れた自分の喘《あえ》ぎがことのほか艶っぽく聞こえて、莉緒の体は羞恥《しゅうち》で熱くなる。

首筋に唇が触れ、甘噛みされる。くすぐったさとは違う別の感覚に、莉緒の体がピクッと揺れた。首筋に城戸の唇を感じて、肩をすくめる。

「や、くすぐったい」

身をよじって逃げようとしたが、抱きしめられて身動きができない。以前の莉緒なら、こんなことをされただけで動揺して逃げ出していただろう。しかし、城戸に何度か触れられているうちに慣らされたのか、怖いという気持ちにはならなかった。それよりも、くすぐったさの中に甘い疼きを感じる自分に動揺してしまう。

また唇が落ちてきた。食まれるような深い口づけに必死についていく。一瞬だけ、『私は一体何をしているの?』という思いがよぎったけれど、酔いのためか思考にブレーキが利かない。それは城戸も同じようで、口づけを繰り返しながら莉緒の名を呼ぶ。

「莉緒……」

「は……い」

「なあ、嫌じゃないか？」

「嫌じゃない……けど」

ウエストから胸へ大きな手が這《は》う。優しく包まれて思わず声が漏れる。

「あ……っ」

布越しに掌の熱を感じる。ソフトに頂きを撫でられて、ビクッと体が跳ねる。莉緒の反応を見て、城戸の動きがヒートアップした。セーターの下に手が差し入れられて柔らかい肌がそっと撫でられる。いつかみたいに、くすぐって莉緒を笑わせたりはしない。ウエストを優しく撫でられて、莉緒の口から甘いため息が漏れた。

……その時だった。廊下から、前川の寝ぼけ声が響いた。

「城戸ぉ、どこー？」

城戸の動きが止まり、莉緒は一瞬にして我にかえる。二人は立ち上がると、急いで身なりを整えた。

「ごめん。大丈夫か？」

「……だ、大丈夫です。前川先生のところに行ってください」

莉緒は波立つ心を鎮めつつ、震える手でテーブルの上の飲みかけの紅茶を片付けた。前川がお茶を飲みたいかもしれないと思い、紅茶を淹れなおす。

「あっ、城戸ぉ！　俺焦ったよー。目覚めたら知らないところで寝てたから」

「全く知らないってわけじゃないだろ？」

　廊下での二人の会話が筒抜けだ。笑う余裕などないはずなのに、莉緒は可笑しくなって笑いが漏れる。ドアを開けて前川が入ってきた。

「莉緒たん、いたんだ！」

「おはようございます。まだ夜ですけど」

「おはよう。紅茶淹れてくれたの？　気が利くねー。ありがとう」

　ソファーにボスンと腰を掛けると、前川は大あくびをしながら莉緒から紅茶を受け取った。戻ってきた城戸は呆れ顔で毒づくが、前川はまるで頓着しない。

「お前ってヤツは、全く……邪魔しやがって」

「えっ、何？　邪魔？　何が？」

　前川の能天気な問いに、城戸が苦虫を噛み潰したような表情をした。

6　キーマン発見

　前夜の自分の行動に莉緒が激しく動揺する間もなく、今日も忙しい一日が続く。午後六時、莉緒が休憩室の片付けに向かうと、廊下で田中副院長と出会い頭にぶつかってしまった。身長はあるが細身の莉緒は、お腹の突き出た大柄な田中に突き飛ばされて尻餅をつく。

「……っ、痛たっ……」

　田中の持っていた鞄《かばん》が廊下に転がり、中身が飛び出していた。莉緒を助けるでもなく、屈んで自分の持ち物をかき集めている。そんな姿を見て、やはり噂通りの人物なのかと莉緒はちょっとがっかりした。田中は立ち上がると莉緒を一瞥《いちべつ》して言葉を吐き出した。

「全く、手間取らせて……気をつけろ」

「……」

　莉緒は返事もできず田中を見上げていた。ぶつかった莉緒が悪いとばかりに怒鳴りつけるなんて、とても院長の器ではない。城戸が敵視するのはもっともだ。立ち上がろうと壁に手をついた莉緒を置き去りにして田中は立ち去っていった。

　立ち上がって歩き出すと、少しお尻は痛いものの大丈夫みたいだ。莉緒はなんだかやるせない気分で休憩室に向かった。職員証をかざして足を踏み入れる。誰もいないと思ったのだが、薄暗い室内に見知らぬ男性がいた。白衣もスクラブもナース服も着ていない。ましてや事務系男性に支給されるお仕着せの制服《ブレザー》さえも。スウェット素材のトレーナーにジーンズ姿で、置いていたお菓子を貪《むさぼ》り食っていた。

「え？」

ドアに手をかけたまま、莉緒は硬直して男性を見る。男性も、動きを止めて莉緒を振り返り、肩越しに凝視した。口の周りには煎餅《せんべい》のかけらがくっ付いていた。

「あ、あの……すっ、すみません！」

謝りながら慌てて口元を手の甲で擦《こす》ってお菓子のかけらを拭く男性に、莉緒は見覚えがあった。

（あっ！　この人、見たことがある！　もしかして、あの長谷川さんでは？）

「は、長谷川さん……？」

莉緒が声をかけると、男性はギクッとして後退さる。

「……すっ、すみません、僕っ！」

煎餅の袋を握ったまま、莉緒の横をすり抜けて逃げようとした。

「待って！」

莉緒は咄嗟に男性のスウェットの裾を捕まえようとしたが、動きが素早く莉緒の手を逃れると脱兎のごとく部屋を飛び出していった。

しばらく呆然と立っていたのだが、誰も助けてはくれない。莉緒は城戸に連絡をすべくPHSを取り出した。数回のコールで応答した城戸に、莉緒は震える声で告げた。

「せ、先生っ、休憩室で見知らぬ男性がお菓子を貪り食っていたんですけど、どうもその……長谷川さんに似ていたんです！」

「嘘だろ⁉　なんで長谷川がここにいるんだ？」

「わかりませんが、よく似ていました。あんなもっさりした外見の男性なんて、先生と長谷川さんくらいですから」

「お前、言うなぁ……これからサーバー室まで来られるか？」

「はいっ」

城戸の指示通りサーバー室に向かう途中で、莉緒はまた田中医師と廊下ですれ違った。随分と慌てた様子で走っている。すれ違いざま莉緒に視線を向けると、立ち止まり、必死の形相で声をかけてきた。

「君っ！　今、ボサボサ頭の男性とすれ違わなかったか？」

「えっ？　い、いえ」

「本当だな？」

「は、はい」

莉緒の答えで田中医師は方向を変え、今きた廊下をすごい勢いで走り去る。もしかして、逃げる長谷川を見かけて慌てて追ってきたのかもしれない？　田中に捕まるとまずいのではないだろうか？　莉緒は城戸に知らせるべく、サーバー室に急いだ。

サーバー室にたどり着くと、城戸が懐中電灯を手に莉緒を待っていた。莉緒は田中と出会ったことを城戸に報告した。

「なんでまた病院をうろついているんだ、アイツは……しかも田中に見つかるなんて最悪だ」

城戸がモサモサ頭をガシガシと搔く。好きな男ではあるが、フケが落ちそうでちょっと汚らしいと莉緒は思う。

「田中先生も見失ったみたいだったので、上手に隠れているのかも」

「うー」

城戸が唸り声を上げていると、モニターを見つめていた森田が声を上げた。

「あ……、せ、先生」

「なんだ？　長谷川でも見つけたのか？」

城戸がやさぐれた声で振り返ると、森田がモニターを指してコクコクとうなずいている。

「ろっ、六階のモニターにっ！」

「えっ⁉」

「嘘っ！」

森田が指すモニターには何も写っていないが、確かに長谷川らしき人影が画面を横切ったのを見たと言う。

「もしかして、幽霊の正体はアイツか⁉　六階に潜んでいやがったのか」

「あっ……そうか！」

「おい、森田、莉緒行くぞ！」

幽霊騒ぎの張本人は長谷川なのかもしれない。留守番の林を残し、三人はサーバー室を出ると防火扉の前まで向かう。この先には病棟への渡り廊下があり、今は無人の六階病棟に続いている。城戸が鍵を解除している間、莉緒は窓の外に視線を向けた。空はすでにオレンジ色の夕暮れに包まれて、山影が切り絵のように美しいコントラストを見せている。こんな騒ぎがなければ、ずっと眺めていたい風景だ。

「おい、行くぞ」

城戸に呼ばれてハッと我にかえり、先に進む二人の後を慌てて追う。

病棟はエレベーターを中心に廊下が二手に分かれており、一方には森田が、もう一方には城戸と莉緒が向かうことになった。田中医師も、まさか長谷川がここに潜んでいようとは思ってもいないはずだ。今頃は売店や無人の外来を探し回っているのかもしれない。もしかして、外来で密談していた内科の医師と一緒なのかも。

暗い廊下を抜き足差し足で進む。長谷川が潜んでいるとしたら、莉緒達の動きは筒抜けだろう。一つ一つ病室のドアを開けて中を確認する。やがて最奥の個室までたどり着いた。中はマットレスのないベッドと消灯台だけだ。壁紙は小さな薔薇《ばら》柄でやけにエレガントだ。莉緒は小声で城戸に話しかける。

「綺麗な部屋ですね」

「女性用の特別室だったらしい」

「女性用……ですか？」

「妊婦さん用だ。広いだろう？　付き添い用のベッドも置いていたらしいぞ」

「やっぱり詳しいですね」

六階の病棟は莉緒が勤務する前から閉鎖されているので、こんな部屋があったなんて全然知らなかった。やはり院長の息子だけあって詳しいなぁと莉緒は感心していたのだが……気がつくと城戸の顔が目の前に迫っていた。

「え？」

軽くチュッと唇を奪われた。

「な！」

何をするんですか⁉　と怒ろうとしたのだが、今度はギュッと抱きしめられて思わずうめき声が漏れる。

「うぐっ」

「なんだよ、潰されたカエルみたいな声出して」

「……それはないでしょう」

カエル呼ばわりされて不満をぶつけると、おでこをゴツンと攻撃されてまた唇を奪われた。

「んっ……」

こんな緊迫した時なのに、全く城戸は油断ならない。つい莉緒が抵抗を忘れているとキスは深くなり、城戸の手が背中を撫でる。正直、気持ちよくて任務を忘れそうだ。夢中で舌を絡ませていると髪の毛を弄られる。城戸が唸るような呟きを漏らして体を強く押し付けてくる。

「うんっ……はぁ……っ」

甘い痺《しび》れのような感覚が昇ってきて、思わず声が漏れる。こんなことをしている場合ではない。それはわかっているのに、城戸の口づけを悦んで受け入れてしまう。城戸の手はまるで魔法のようだ。触れられると拒否する力を失ってしまう。唇は甘く、莉緒は何も考えることができないで、ただ口づけを受け入れていた。

……と、突然、廊下から男性の叫び声が聞こえてきた。

「き、きゃーっ」

女の子みたいだが、これは森田の声に違いない。二人は互いを抱きしめていた手を離し、顔を見合わせた。

「行こう！」

城戸と莉緒は手を繋ぐと、声のする方向に走った。そこは元リネン室だった場所だ。床に尻餅をついたままの森田が、白い布を頭から被った状態で手足をジタバタさせている。城戸が駆け寄り、布を剥ぎ取った。

を見て回った。

「森田！　大丈夫か？」

「す、すみません。リネン室のドアを開けたら、いきなり布が降ってきて」

長谷川が見つかったわけではなく調子抜けはしたものの、三人はもう一周六階のフロアを見て回った。

「いないな。もしかして五階に下りたか？」

「かもしれませんね。院内を手分けして探しますか？」

「そうだな。長谷川が田中さんに見つかると厄介だ。……莉緒はもう帰れ」

「えっ？　一緒に探しますよ」

「いや、もう遅い。それになんだか急に胸騒ぎがしてきた。頼むから今日は帰って家でじっとしてくれ」

そこまで言われると、捜索に同行しづらくなってきた。城戸の背後で森田もウンウンと頷いている。多分、死に物狂いで長谷川を追っている田中医師が何をするか分からないから心配なのだろう。莉緒は素直に従うことにした。

「はい。じゃあ、お先に失礼します」

「気をつけて帰れよ。何かあったら、連絡をくれ」

莉緒は渡り廊下に向かい、サーバー室経由で秘密の階段を下りて院長専用駐車場に出た。時間がかかるが、この経路が一番安心するのだ。

職員専用ドアから病院に入り更衣室に向かったのだが、休憩室のドアを施錠していなかったことに気がついた。

「あーあ、戻らなくちゃ……」

二階で長谷川にばったり会ったものだから、施錠をすっかり忘れていた。莉緒はため息をつきながら、まずは二階に向かった。

二階で電気等の確認をして鍵をかけ、そのまま五階の休憩室に向かう。階段を上っていると、頭上から重い足音が聞こえたので誰だろうと顔を上げると、階段の踊り場に、なんと長谷川がいた！

「ヒィッ！」

長谷川が妙な悲鳴を上げて莉緒を凝視している。

「は、長谷川さん！」

声をかけると長谷川は飛び上がり、いきなり階段を駆け上がった。

「待って！」

この棟の最上階には屋上がある。どうぞ鍵が簡単に開きませんように！　莉緒は祈りながら長谷川を追った。ガチャガチャと金属音が聞こえ、その後、バン！　とドアの開く音がした。鍵が開いてしまったようだ。莉緒はピッチを取り出して城戸に連絡をとろうとしたが、話をしている暇はない。呼び出し音を聞くと、そのまま胸のポケットに入れて屋上に飛び出した。

すっかり暗くなった屋上をキョロキョロと見回すが長谷川の姿はない。

（どこにいるんだろう？　もうっ、素直に出てきてよお！）

莉緒は隠れている長谷川に声をかけることにした。城戸が電話に出て、この会話を聞いていることを願いつつ……。

「長谷川さんいるんでしょう？　さ、さっきはどうやって六階から逃げたんですか？」

返事はない。仕方がないので、喋り続けることにする。

「五階の休憩室にも行ったんですか？　お菓子残ってました？　その帰りに私に見つかっちゃったんですよね？　でもこんな屋上にいつまでもいると、風邪ひきますよ」

もちろん返事はしてくれないが問題ない。この会話は、今いる場所を城戸に聞いてもらうためなのだから。

「あの、はせが……」

「もう、ほっといてください！」

急に長谷川が返事をした。声のする方向に目を凝らすと、柵のすぐそばでうずくまっている。柵を越えて飛び降りでもしたら大変だ。どうにかこちらにきてもらいたいのだが、手立てがない。莉緒は途方に暮れていた。すると……。

「莉緒！」

城戸が姿を現した。姿を見た途端に、どっと安心感が押し寄せてその場に座り込みそうになる。莉緒は半泣きで返事をした。

「先生！」

「大丈夫か？」

「私は大丈夫なんですけど、長谷川さんがあそこに……」

城戸は長谷川を見つけると、迷うことなく走った。

「長谷川！」

「だ、誰っ？」

長谷川は警戒心丸出しで、柵にしがみついたまま問いかける。いきなり現れた男に名前を呼び捨てにされて混乱しているのだろう。このまま何事もなく長谷川を捕まえてほしい。莉緒はそう願っていた。

しかし莉緒の願いも虚しく、城戸が間近に迫ると長谷川は驚くべき行動に出た。城戸を突き飛ばして、反対側に走り柵に足をかけて乗り越えようとしたのだ。

「きゃーっ！」

莉緒が思わず叫ぶ。城戸も慌てて駆け寄ったが、長谷川は身をかがめて下に飛び降りようとした。ここは六階の屋上だ。飛び降りたら死か大怪我しかない。そこに森田が遅れてやってきたが、状況がわからず呆然と立ちつくしている。

その時、城戸が長谷川の肩を羽交い締めにして動きを封じた。

「長谷川、諦めろ！」

凄みのある声に、長谷川の動きが完全に止まる。

「あっ、あなたは誰ですかっ？」

「城戸だ。オタクの社長の息子だよ。田中先生との経緯は全部知っている。悪いようにはしないから大人しくしろ」

「……！」

息を呑んだ長谷川は、体の力が抜けたように、ヘナヘナと座り込んだ。

「森田、手伝ってくれ！　長谷川を安全な場所に移すぞ」

「は、はいっ！」

その後、脱力した長谷川を三人で引っ張り上げたのだった……。


「行方不明だと思っていたら……灯台下暗しとはな。じゃあ、ずっと六階に潜んでいたってことか？」

莉緒達は長谷川とともにサーバー室まで戻っていた。椅子に腰掛けている長谷川の前で、城戸は腕を組んで仁王立ちしている。長谷川からすれば、地獄で閻魔大王に会った気分だろう。なぜ六階に潜んでいたのか？　城戸の問いに長谷川がポツリポツリと答える。

「……はい。アパートを家賃滞納で追い出されて行くところもないし、所持金も少なくて、一ヶ月前からこの病院の六階に隠れ住んでいました」

「えっ、そんな前から⁉」

その場にいた全員が驚いてのけぞった。聞くと、客のほとんどいない閉店間際のコンビニで、廃棄寸前のパンを安く買っては命をつないでいたらしい。森田から借りた三万円も底をついて、お腹が空きすぎて危険を顧みず院内を彷徨《さまよ》っていたところ、休憩室のお菓子を見つけて貪り食っていたと言う。職員に配布されるＩＤカードを返却せずに持っていたために、自由に出入りができたらしい。その長谷川からは、耐えられないようなすえた匂いが漂ってくる。莉緒と林は申し訳ないと思いつつ、顔を背けて後退さる。

「田中から受け取った金はどうした？」

城戸が問いかけると、長谷川はギクッと体を震わせて俯いた。

「ぜ、全部、女の旦那に取られました……」

「全く……病院のカードを使って出入りするとか、そういう狡猾《こうかつ》さを持っているくせに、その頭をもっと良いことに使えなかったのか？」

「すみません」

叱られて縮こまった長谷川に、森田が声をかける。

「長谷川くん、ちょっと痩せたね。風呂も入ってないんだろう？」

元同僚だけあって森田は優しい。お金を踏み倒されたにしては人が良すぎだ。

結局、城戸が長谷川を自宅に連れ帰ることになって、見張りのために森田も井出邸に泊まることになった。

「社長に報告しておいた方がいいぞ」

「ゲッ」

城戸が森田に声をかけると、林と長谷川が顔を引き攣らせて呻《うめ》く。莉緒は小声で林に尋ねる。

「そんなに怖い社長さんなんですか？」

「……怖いです。特に怒ると言葉がマシンガンのようで」

林にしては珍しく饒舌《じょうぜつ》だ。

「そうですか、大変ですね」

莉緒の言葉に、なぜか城戸が呆れ声で突っ込む。

「おい、他人事だと思っているだろう？　まあ、今だけ平和を貪っておけよ」

「私にとっては他社の話なので、関係ないですよ」

自分は城戸の母の会社とは関係ないのに、城戸もおかしなことを言うものだと莉緒は思った。

森田が渋々社長に連絡をしている間に、城戸は長谷川に問いかける。

「何か荷物はあるのか？」

「あ……はい。リュックが六階にあります」

「じゃあ取りに行く……」

話をしていた城戸に、森田が青い顔をして駆け寄ってきた。

「城戸先生、社長が……僕の説明が悪かったみたいで、めちゃくちゃ怒って長谷川君を出せって」

「はあ？　じゃあ、スピーカーフォンにしてくれ。長谷川もこの際怒られておけよ」

「……は、はい」

スピーカーフォンにした途端に、女性の怒号がネットワーク管理室に響き渡った。

「長谷川！　何やってるのよ！　心配かけまくった上に、屋上からダイブ寸前ってどういうこと？」

そこは教えなくてもよかったのでは？　と森田以外の全員が思ったが、多分社長怖さに全て話してしまったのだろう。莉緒は怒号を聞いただけで、城戸の母を怖いと感じてしまった。

「す、すみません。社長……ご迷惑をおかけして……」

「全く……無事でいてくれてよかったわよ。それより、なんで屋上なんかに行ったわけ？」

「そ、それは、その……女子職員さんに追われて、怖くなって……たまたま田中先生に見つかって逃げていたから、その仲間かと勘違いしたんです……」

「はあ？　何でそこで女子職員が追うわけ？　ちょっと聡介と代わってちょうだい！　聡介、勝手なことやらせるんじゃないわよ！」

「お袋、勘違いするなよ」

「聡介、女子職員って誰？　なんで余計なことをさせるのよ！　あなたウチの大事な社員をなんだと思っているの!?」

「その大事な元社員を心配していたのは、お袋だけじゃないぞ。俺たち全員が心配して探していたんだ。今日彼女がたまたま長谷川を見つけなければ、最悪な結果になっていたかもしれないんだ。……ちょっと黙ってくれよ」

　莉緒に対する怒りの言葉を聞かせまいとするかのように、城戸はスマホを手にするとスピーカーフォン機能を解除しながらドアから出て行った。莉緒は、自分がしたことを城戸の母に責められて激しく動揺していた。

　俯く莉緒の前に長谷川がやってきて頭を下げる。

「すみません。僕のせいで……」

「い、いんです。社長さんの言われることも一理あるかも。私、いい気になってやりすぎたのかもしれません。あの……怖い思いをさせてごめんなさい」

　確かに……一ヶ月もの間、不安な気持ちで隠れていた人間を自分は追い回してしまった。長谷川からすれば、どんなに怖かったことだろう。田中医師の仲間に追われていると勘違いさせてしまったことも失敗だった。

　しばらくして城戸が戻ってきた。スマホを森田に返すと、苦々しい顔で告げる。

「君らの社長、たまたま神戸にいるんだって。ここまで車で三時間だから、ぶっ飛ばしてくるぞ」

「……うそ」

　三人はガックリと肩を落としたのだった。

　莉緒は森田達と共に城戸に送られて自宅アパートに戻ったのだが、気持ちが落ち込んでしまい、城戸の声かけにもあまり返事ができなかった。城戸にはその理由に心当たりがあるだけに、しきりと莉緒に謝罪の言葉を向ける。

「莉緒ごめん。悪い人間じゃないんだが、社員や身内のことになると庇護《ひご》欲が強いというか……嫌な思いをさせて悪かった」

「いいんです。いい気になって追い回したのは確かですから。それに施錠を忘れて病院に引き返したのも、余計なことだったかもしれません。……私の方こそすみませんでした」

城戸とのいつもの丁々発止の会話を楽しむ気分にもなれない。莉緒は城戸の母にすっかりやられてしまったのだった。

「よく言って聞かせるから、落ち込まないでくれ」

「大丈夫です。一晩寝れば忘れますから」

心配する城戸に安心させるような返事をして、莉緒は車から降りたのだった。

翌日、二階の休憩室で香織と昼食を摂っていると、城戸がフラッとやってきた。

「お、珍しい。城戸先生もここを利用するんだ」

ツチノコと評された城戸が外来診療のない昼間に姿を現したものだから、香織が面白がって莉緒に耳打ちした。城戸はクソ真面目な表情でブラックコーヒーとラテを淹れている。莉緒は香織の話し相手をしながら城戸の気配を窺っていた。しばらくすると、城戸は二つのカップを手に休憩室を出ていった。

（誰の分を淹れたんだろう？）

今日は前川は来ない日なのに、城戸が二人分の飲み物を作ったのが不思議だった。モヤモヤする気持ちを抑えて、莉緒はお弁当を完食し蓋を閉じる。スマホを見ると、城戸からメッセージが届いていた。

「悪いがすぐに院長室」

また標語みたいなメッセージだ。莉緒は慌てて弁当をしまい、香織に謝る。

「香織ゴメン！　ちょっと呼ばれたから行くね」

「え、誰に？」

「……えっと、外科」

「へ？　そうなの？　ん、まぁ行っといでよ」

ヒラヒラと手を振られて、莉緒は休憩室を飛び出した。

城戸は外科医だから、外科に呼ばれたというのはあながち嘘ではない。しかし、そろそろ香織への言い訳も苦しくなってきた。南側の駐車場に向かい、解錠して院長室のある五階まで駆け上がる。息を切らして院長室に入ると、城戸が立ったままでコーヒーを飲んでいた。

「はい。ちょっと冷めたけど」

城戸からドリンクを手渡される。休憩室で淹れていたのは自分の分だったのか？　と、ホッとすると共に嬉しくなった。しかし、急いで一気に階段を上ったので、めちゃくちゃ熱い。いつもはホットドリンク派だけれど、今日は冷たい水の方が嬉しいかもしれない。

莉緒はフーフーと息を吹きかけて冷ましながらドリンクに口をつける。

「莉緒、昨夜は悪かった」

まだ心配そうな城戸に笑顔を見せて、莉緒は首を振る。

「先生、気にしないでください。それより、長谷川さんはあれからどうなったんですか？」

「風呂に入らせてたらふく飯を食わせて、落ち着いた頃にお袋がやってきて大騒動だった」

「大騒動？」

「長谷川の胸ぐらを摑んで罵詈雑言《ばりぞうごん》。その後、生きていてよかったの涙にむせぶハグで終わったが……。まあ、激しかったな。本気で心配していた証拠だろうけど」

「そうなんですか……」

城戸の俺様気質は、母親譲りなのかもしれない。従業員思いも似ている気がして、少しだけ気持ちがホッコリする。

「なんだか大変ですね」

「長谷川さあ、六階に潜んでいた時に、五階の病棟まで下りて入院患者の食事をこっそり食べていたらしいんだ。例の認知症の患者から可愛がられて、よく饅頭《まんじゅう》を貰っていたらしい」

五階に田中医師が来ることはないにしろ、長谷川も結構大胆なことをする。よほど切羽詰まっていたのだろうと莉緒は気の毒になった。

「じゃあ認知症のおじいさんは、もしかして長谷川さんに会いに六階を彷徨っていたってことですか？」

「孫と思い違いをしていたのかもな」

「……なんだか切ないです。おじいさんも無事退院されたし、長谷川さんも見つかってよかったけど……」

「そうだな」

「どんな気持ちで潜んでいたのかと思うと、悪いことをしたにしても可哀想すぎます」

「お前……」

　やってはいけないことをしたのだから、罰せられるのは間違いないだろうけれど、やはり気の毒だと思ってしまう。莉緒はどうしても心の弱い人間や立場の弱い人間に冷たくできない。弱肉強食なんて言葉もそもそもあまり好きではないのだ。こんな性格は、ずるい人間に利用されやすいから気をつけないといけないとは思うのだが……。

「先生、長谷川さんは会社を首になるんですか？」

「それは、どうかな……」

　長谷川の身の上に思いを馳せていると、城戸に肩を摑まれていきなり引き寄せられた。

「ちょっ、先生何するんですか⁉　私まだ仕事中」

　六階を探索している時にもいきなりキスをされてビックリした。応えた自分もどうかとは思うが、最近の城戸はなんだか暴走気味だ。

「長谷川の心配ばっかりしてんじゃねーよ」

だ。

「はぁ？」

横暴にもほどがある。悪いことをしたとは言え、彼は副院長の餌食となった気の毒な人

「確かに長谷川さんは借金を作ったり、電子カルテの改ざんをして賢いとは言い難いですけど、副院長に目を付けられなければこんなことにならなかったんですよ。先生、わりと心が狭いですね」

早口で城戸に言い切った後、莉緒は言いすぎた気がして城戸を上目遣いに見た。以前はポーカーフェイスが多かったが、最近では「子供か」と突っ込みたくなるほど、城戸は感情をむき出しにしてくる。今だって、口を尖らせて莉緒を見下ろしている。その表情を見て、ちょっと可愛いかも……と思ったのは内緒だ。


「全く莉緒は鈍感で、残酷だよ」

「ええっ⁉」

残酷……だなんて、極悪人呼ばわりをされた気がして、ちょっと焦ってしまう。

「せ、先生？」

「そうだろう？　俺の気持ちは伝えているのに、お前は他人ばかり心配して、俺を放置しているんだから」

「放置って……先生、そんな……第一、今は仕事中だし」

「じゃあ、仕事が終わってから会おう」

「……毎日会っているのに」

「つべこべ言うな。今日の午後六時、外来に迎えに行く」

「え、来ないで！」

必死に抵抗したのだが、城戸はがんとして迎えに来ると言って聞かない。きっと莉緒が逃げると思っているのだ。説得して、着替えを終えた六時、職員出入り口から離れた場所で待ち合わせをすることになった。

午後六時、出入り口から離れた場所に立っていると、職員達がジロジロと見ながら帰っていく。そりゃそうだ。仕事が終わったら職員達はさっさと病院から出ていく中で一人ポツンと立っているものだから、誰かと待ち合わせをしているのかと詮索されているに違いない。莉緒は皆の視線から逃れるように、死角スレスレの医師駐車場の方まで移動していった。スマホを触っていると、いきなりメッセージが届いてビクッとする。見ると城戸からだった。

『どこ？』

慌てて返信をする。

『医師駐車場のそばです』

『わかった』

城戸と人目のあるところで待ち合わせをするのは初めてだ。ちょっとドキドキする。スマホをバッグに入れて俯いていると、左肘を軽く掴まれ引き寄せられる。驚いて顔を上げると、城戸がそばに立っていた。

「行こう」

腕を引かれて慌てて歩く。城戸の歩く速度に合わせ足早についていくと、タクシーが待っていた。

「先生、どこへ？」

「外でデートしたことがなかったから、今日はちゃんとした店に食事に行こうと思って」

莉緒は足元を見て戸惑う。今日はジーンズにパーカーという気の緩んだ服装だ。おまけに足元は履き古したスニーカーで、ちゃんとした店だと敷居が高い。

（どうしよう……）

城戸が行き先を告げて、タクシーはもう走り出している。莉緒は悩んだ末に城戸に言った。

「先生、私、ちゃんとしたお店に行ける格好をしてないです」

城戸がこちらに顔を向けて莉緒の身だしなみを上から下まで二往復した。そんなに見なくても……と恥ずかしい。

「問題ないぞ」

「で、でも……」

莉緒がなおも言い募ると、城戸がクソ真面目な顔でいう。

「もしかして、俺と食事に行きたくないっていうことか？」

つくづく思考回路に無駄のない男だ。おまけに女心を全くわかっていない。

「私的には全然お洒落じゃないから、いいお店に行くのが恥ずかしいんです。先生との食事が嫌とかじゃなくて！」

「そうか？　じゃあウチにくるか？」

「あ……はい」

別提案をされて迷わず頷く。結局いつもと同じパターンなので、莉緒も安心する。そうでなくても今日の城戸は少し前のめりな感じがして、莉緒は心配だったのだ。タクシーはUターンをして、井出邸に向かう。

人様の家だというのに、この家はなぜか居心地が良くて、安心できる。最初からそうだった。城戸が見えないところで色々気を遣ってくれているからだろう。応接間に案内されると、城戸がデリバリーのメニュー表を差し出しながら声をかけてくる。

「寿司と洋食、どっちがいい？」

莉緒は渡されたメニューを真剣に見ていたが、なかなか決まらない。寿司に惹かれるものの、値段を見て遠慮してしまう。洋食も種類が多すぎて決めきれない。迷った末に他力本願とした。

「先生は何がいいんですか？」

「……決まらないんだな？　じゃあ寿司にするか」

莉緒の考えていることは、とうにお見通しだったようだ。さっさとメニューを取り上げて電話をかけ始めた。いつもながら決断が早い。

莉緒はこういうタイプが決して嫌いではないし、一緒にいて心地よい。同僚の香織も似たタイプなので、気が合っているのだ。身分が……というと大袈裟《おおげさ》だが、城戸がこんな大病院の息子でなければ良かったのにと思う。

「いよいよ明日、理事会があるんだ」

いきなり切り出されて顔を上げる。

「理事会ってどんなことをするんですか？」

「普通の会議だよ。いつも事務長が進行役だ。俺は親父の代理で出席する。今回は、老害の副院長を引きずり下ろすのが目的」

「……！」

オフレコだろうけれど、こんな重要なことを自分なんかに話してもいいのだろうか？それにしても物騒な話だ。そうなると、別のドクターを副院長あるいは院長に据えるのかもしれない。城戸と仲の良い外科医長あたりが適任なのかしらと思う。そう言えば……今院長先生はどんな状態なのだろうか？　今まで遠慮していたけれど、莉緒は思い切って尋ねてみた。

「あの、院長先生は今……？」

莉緒がおずおずと切り出すと、城戸が笑顔を見せた。

「親父の復帰は近い。でも、今まで通りの仕事は無理だろうな。体ならしで、健診科から始めるのも良いという話はしている」

「そうですか。復帰されるんですね……よかった」

それを聞いて気持ちが上向きになる。やはり院長先生が帰って来てこその病院だと思うからだ。

「以前とは様子が変わった病院を見て、なんて言われるでしょうね」

「ある程度は話しているけど、休憩室には驚くかもしれないな」

「喜んで頂けるといいですね」

「いいですねって、他人事みたいな言い方はよせよ。全てお前の発案で動いたんだぞ。いうなれば、お前の功績だ」

城戸の言葉に、莉緒の腰が思いっきり引く。

「いやいやいや！　それはないです。好き勝手に言わせてもらっただけで、あとは加地さんや皆さんのおかげですから」

それに自分は、いい気になって長谷川を追いつめるような人間だ。城戸の母に責められてからずっと、自分の欠点について真剣に悩むことも多い。少しだけ気持ちがダウンした莉緒の頭を城戸が笑って撫でた。

「お前のそういうところが好きだよ」

真正面から言い切られて、莉緒の顔が一気に赤くなる。

「俺も頑張ったかな？　莉緒から見てどうだ？」

「もちろん先生が一番頑張ったと思います」

本当の功労者は城戸だ。城戸がゴーサインを出してくれるから莉緒達は動けたし、何より予算や他業者との連携など、全て城戸の采配なのだから。休憩室を作る資金など、院長がポケットマネーから出したことになっているけれど、もしかしたら城戸が全て出しているのかもしれないと莉緒は思っていた。

「明日もっと頑張るから、ご褒美の前借りをしていいか？」

「えっ……？」

腕を取られて、強引に引き寄せられる。いつもこうなってしまい自分でも警戒しろよと内心で思うのだが城戸のそばにいるとなぜか警戒心が薄れる。決してキスを待っているわけではないのだが、決して……。

息を奪われるような口づけを落とされて、莉緒は簡単に受け入れてしまう。城戸の口づけはいつも、莉緒がまだ立ち入ったことのない官能の世界を垣間見せてくれる。

「んっ……は……ぁっ」

どこかで読んだのだが……キスという行為は、相手が性交渉の相手として遺伝的に適切かどうかを唾液の味によって原始的に判断しているのだそうだ。城戸が適切かどうかなんて莉緒にはわからないけれど、城戸のキスが心地よいのは確かだ。

（ううん。心地よいなんてもんじゃないかも……）

口腔を舌で探られると、くすぐったい。舌を突かれてオズオズと応えると次第に口づけが深くなっていく。温かくて甘い。城戸のキスが好きだ。莉緒は強く抱きしめられて、いつしか長い口づけに夢中になっていった。

お寿司の出前がやってきて行為が中断され、二人は顔を見合わせて笑った。

「寿司のことをすっかり忘れていた。俺、まるで中学生みたいだな」

そう言って城戸は玄関に向かった……。

7　急転直下

翌週。

就業前の八時十五分。急遽、全体朝礼で職員が招集された。莉緒も香織と共に大会議室に向かう。

「なんだろうね？　理事会があったから、その報告かなあ」

情報通の香織がつぶやく。

「う……ん。院長先生の復帰とか？」

「だね～」

皆も階段を昇りながらヒソヒソ話をしている。職員が集まってしばらくすると、総務課長の声がマイク越しに響く。

『えーお静かに。これより院長先生のご挨拶があります』

「院長先生が退院されたんだ！」

香織が背伸びをして壇上を見上げる。莉緒は城戸を探してキョロキョロしていた。医師たちが並ぶ列には城戸はいなかった。非常勤医師は来ないのだろうかと少しだけがっかりする。

その時、周りの職員達は壇上を見て一斉に驚きの声をあげた。そして、さざ波のように、ざわめきが大きくなる。莉緒も皆の視線の方向を爪先立って見上げた。そこには……。

「……！」

城戸が病み上がりの院長先生と一緒に壇上にいた。おまけに、莉緒が衝撃で一瞬呼吸を止めたほど、城戸の外見は様変わりしていた。

「ねー莉緒、あのイケメン誰だろ？」

香織が興奮した面持ちで莉緒に問いかける。それもそのはずだ。伸びかけの無精髭を綺麗に剃り、モサモサだった髪の毛も短くカットしていた。トレードマークだったビン底黒縁メガネもない。誰も、あれが城戸だとは思わないだろう。

「……城戸先生」

莉緒の言葉に香織が仰《の》け反《ぞ》る。周りの職員も同様に驚いていた。

「嘘、あれが？」

「え、外科の？　嘘ぉ」

「やだー、すごいイケメンだったんだ！」

「え、なんで院長先生と一緒にいるの？」

ざわめきがますます大きくなってきた。総務の職員がマイクで呼びかけては皆を鎮めようとする。そんな中、院長がおもむろに声を上げた。

「皆さん、お久しぶりです。院長の井出です」

皆が私語をピタッと止めて院長の言葉に聞き入る。莉緒は、院長を見て涙が出そうになった。少し痩せて顔色も悪いけれど、声はしっかりとして威厳がある。院長を慕っている職員達も多く、皆涙目で院長を見つめていた。

「ご心配をおかけしましたが、昨日退院いたしました。また週末には理事会が行われ、次年度から私は空席だった理事長に就任することになりました。新院長には……ここにおります、城戸聡介医師が就任いたします」

一瞬大きくザワついたが、院長の挨拶は続く。

「城戸医師は優秀な医師であるだけではなく、当院のさまざまなトラブルを短期間で解決してくれた人物であります」

院長の言葉に、城戸が微かに口を歪めて俯く。莉緒には照れているのだとわかる。

「……と、我が身内を褒めるのは恥ずかしいことではあります。実は、彼は私の一人息子です」

その場にいたほぼ全員が驚いたのだろうが、大きな声は上がらなかった。驚きすぎて言葉を失ったというのが正しい理由だろう。

院長の挨拶の後、城戸がマイクの前に立った。

「井出院長から紹介頂きました、城戸聡介です。理事会において、院長職に就くことと……」

城戸の挨拶は続いていたが、莉緒は動揺してしまい内容をほとんど覚えていなかった。ただ記憶に残ったのは、城戸が現在病院改革を行っていて、その手伝いをしている職員がいること。これからも彼らにぜひ協力をしてほしいと話したことだ。名前を出されなくてホッとしたものの、これから自分はどうなるんだろう……と不安な気持ちになった。もちろん院長の回復と城戸の院長就任はめでたいことだ。それでも……。

（こんなに早く院長になっちゃうなんて）

外科医長が院長になるのだと思っていた莉緒は、城戸の院長就任を喜ばしいことだと考えてはいても、気持ちが落ち着かない。院長にもなれば、今までのように軽々しく話もできないだろう。これからはきっと、城戸との距離は少しずつ開いていって、院長とただのクラークとしての関係に落ち着くのかもしれない。きっとその方が良いのだ。……喜びと寂しさが入り混じった感情を、莉緒は持て余していた。

『午後三時ごろ院長室に来てくれ』

午前の仕事が終わり二階の休憩室でスマホの確認をすると、城戸からメッセージが届いていた。了解の返事をしてお弁当を開く。食事をしていると診療の終わったクラーク達が休憩室にやって来た。彼女達は興奮冷めやらない様子で、城戸の噂話を始める。

「今朝の城戸先生、今年一番のサプライズだったね」

コーヒーを淹れながら、全員がうんうんと頷いている。

「そういえば、この休憩室も本当は城戸先生が作ってくれたんだって知ってた？　すごい行動力だね」

「城戸先生って、存在さえ知らなかった人が多いんじゃない？」

「だよねー。外科外来のレセプト担当者は話をしたことがあるらしいけど、私は顔さえも見たことなかったし」

「それにしてもさぁ、あんなにイケメンだったなんて、信じられない！」

「二人並ぶと、院長先生にそっくりだったね。やっぱり、ゲスい田中先生じゃなくて、息子さんが継ぐのが正しいよね？」

「でもさ、反対派のオジサマ達はどうするんだろう？」

「えーっ、病院が二分されるとか？」

「城戸先生って、奥さんいるのかな？　もしくは家柄のいいお嬢様の彼女とか」

箸を持つ手が震えて、里芋の煮っころがしを落としそうになった。はしたないと思いつつ、聞き耳を立ててしまう。

「いずれにしてもウチの後継ぎだもん、良いトコのお嬢様を選ぶんだよ。もしくは優秀なドクターとか。子供も医者にするんだろうし」

うんうんと女性達は頷き合っている。莉緒は理由もなく小さくなって食事を終えるとそそくさと休憩室を出て行った。

下世話な会話だったけれど、あれが一般的な考えだろう。莉緒も彼女たちと同じ立場だったら、似たような噂話をするに違いない。

午後からは十一番診察室で書類作成をして過ごし、約束の時間に院長室に向かった。城戸の素性が明らかになったのだから医局の前を通って堂々と院長室に入ってもいいのだが、やはり一介のクラークが院長室に出入りするのは傍から見ればおかしいことだ。莉緒は一旦外に出て、いつものルートで向かった。息を切らせてたどりつき、カードリーダーでロック解除をする。

院長室には、城戸と井出院長がいた。

（うっ！）

短髪で眼鏡なしの城戸を間近で見たのは初めてだ。イケメンの破壊力は莉緒を一瞬にして硬直させた。言葉を失って城戸を見つめる。以前から予想をしていたにも関わらず、顔面の美しさと姿形のバランスの良さに惚れ惚れする。自然と顔が赤らんで、ドキドキしてきた。こんな外見になっても、城戸は以前のままの態度で莉緒を迎え入れる。

「おう、来たか」

手招きをされるのだが、莉緒はいつもの調子が出せずに静々と城戸の元に向かった。

「親父、秋山莉緒さんだ」

「クラークの秋山さんだね。聡介がお世話になったね、ありがとう。君の活躍は全部聞いているよ」

「えっ、そんな、とんでもないです。大したことはしていないので……」

「なんだ、親父には随分としおらしい態度だな。いつもの調子はどうした？」

「せ、先生！」

ますます頬が熱くなるのがわかる。茹《ゆ》で蛸《だこ》のような顔になりながら、莉緒は城戸を睨んだ。そして、退院のお祝いを言っていないことに気がついて慌てて頭を下げる。

「院長先生、ご退院とご復帰、おめでとうございます」

そう言って、今度は城戸に向かってまた頭を下げる。

「城戸先生、院長就任おめでとうございます。理事会は上手くいったんですね」

「とは言っても、院長就任は一ヶ月先だけどな。理事会はなんとか乗り切った。オフレコだけど、田中先生は退職されるぞ」

「あ……じゃあ、あの件を？」

「うん。いずれにしても親父が復帰した時点で、理事会で話し合う予定だったしな。ついでに長谷川を登場させて、田中さんの戦意を奪った。その上で、病院の方向性と田中さんの退職を一まとめで決定したってわけだ」

簡単に言うが、院長の息子ではあっても病院の理事でもない城戸が、理事の面々を納得させるのはかなり大変だったに違いない。田中副院長が全く抵抗しなかったとは思えないし……この男、本物のやり手だ。莉緒はつくづく恐れ入った。

莉緒達が話をしている姿を、院長はニコニコと笑って見ている。その視線に気がついて、莉緒はハッと後退さる。

「す、すみません。つい出過ぎたことを聞いて」

「いや。長谷川くんの騒動も全部聞いているよ。秋山さんが活躍してくれたおかげで、難題が解決できたんだ。君は、聡介の最高のパートナーだよ」

「院長先生……」

仕事でのパートナーだと言ってくれているに違いないのだが、それでも恐れ多いことだ。それに、電話では城戸の母に叱られてもいる。自分のような者が院長室に長居するのはやはりおかしい。莉緒は城戸を見上げると、そろそろ仕事に戻りたいと話した。城戸は莉緒を医局側のドアに誘導した。

「もう全部カミングアウトしたんだから、医局側のドアから出入りしろよ。外からじゃ寒いし階段が大変だろう」

「そうでもないですよ。一介のクラークが院長室に簡単に出入りはできません」

莉緒が言い終わらないうちに、城戸がいきなり莉緒の腕を摑んだ。莉緒の腕を引っ張りながらドアを開ける。

「親父、ちょっと彼女と話があるから」

城戸に手を引かれて廊下を進む。莉緒は誰かに見られたら噂になりそうだと思いながら、城戸が怒っているように感じたので黙ってついて行った。きつく繋がれた手から城戸の思いの強さを感じ、莉緒の胸は高鳴る。

「莉緒、逃げるなよ」

「……に、逃げてなんかいません」

「本当に？　じゃあ、週末にデートしよう」

「……し、週末にデートですか？」

妙に真剣な表情の城戸を見上げながら、莉緒はおうむ返しに呟く。

「病院の膿を出し切って、俺の念願が叶ったらその時は……って、約束したよな？」

「約束……？」

ポカンと口を開けて城戸を見上げる。今回は『おいキスするぞ』とは言われなかったが、城戸の言わんとすることが解って、莉緒の頭上に稲妻のような衝撃が走った。

「せ、先生、私……」

「考える時間は十分にあっただろう？」

「あのっ、まだ考え中……」

「だめ、タイムアウト。土曜の午後三時に迎えに行く」

「だっ、だめです！　私、行けません」

莉緒は咄嗟に拒絶の言葉を放っていた。離れた方がいい。そう思っていた矢先に強引に誘われて、混乱したのだった。

「行けない？　この期に及んで、まだそんなことをいうのか？」

「だって……」

「だってもクソもない。家に迎えに行くから、用意して待ってろ」

「え、家はだめっ！」

「なんでだよ？」

「だって、お客様をお迎えしても良いように、綺麗に掃除できてないし……」

またそんな大袈裟なと言いたげな表情で城戸が苦笑する。

「じゃあ……確か近所にコンビニがあったよな。そこで午後三時、迎えに行くから待っていてくれ。これ命令」

「お、横暴」

「俺も必死なんだよ。理解しろ」

初めての外デートが決まってしまい、莉緒は前日の夜から落ち着かなくて一睡もできなかった。いつも城戸に押し切られてしまう自分も悩みの種だが、それとは別に切実な問題があった。何を着ていけば良い？　靴は？　メイクは？　莉緒は迷った末に、いつも着なれているコンパクトなニットとよそ行きのフレアスカートにした。いつもどおりのノーメイクでは申し訳ないので、マスカラと色付きリップを塗る。自分の女子力のなさに本気で愕然《がくぜん》とするが、付け焼き刃のオシャレで失敗をするのはもっと悲惨だと自分を慰める。

いつもは括っている髪を下ろしたものの、ウエーブで広がりすぎてどうしようもないので、結局少しすくって大きなバレッタで留めた。午後三時前、指定されたコンビニに向かう。慣れないパンプスを履いた足がおぼつかなくて、躓《つまず》きそうになった。城戸に会う前から緊張しているのかと我ながら可笑しくなってきた。

　ヨロヨロとコンビニにたどり着き、ペールブルーの小さな車を探すが見当たらない。

「莉緒」

　名を呼ばれて振り返ると、城戸がタクシーから出てきた。

　いい加減に、モサモサ頭やビン底メガネのない城戸に慣れなくてはいけないのに、莉緒はまだ慣れずに顔を見ると動揺して目をそらす。おまけに、高身長でスタイルが良いので、普通に春物のコートを羽織っているだけなのに、モデルみたいにサマになっている。

（私、こんな人とデートして良いんだろうか？）

　口を開けて見上げていると、手を引かれてタクシーに押し込まれた。

「何、ボーッとしているんだ？」

　隣に座り運転手に行き先を告げると、隣でふんぞり返っている。劇的に姿は変わったが、性格はいつもの城戸だ。莉緒はそれに少しだけ安心した。

「今日は可愛いな」

　褒めてもらったのだろうが、微妙な表現が気になる。

「今日は？」

　つい突っ込むと、城戸が余裕でふふ……と笑う。

「口には出さないけど、いつも可愛いと思ってるよ。でも、今日は特別にオシャレをしてくれたんだろう？」

「……そ、それはそうですけど」

ご機嫌な城戸に髪を撫でられながら、着いたのはシネマ・コンプレックスだった。城戸は観たい映画があると言い、莉緒と手を繋ぎ堂々とフロアを歩く。知り合いの誰かに見られたらどうしよう……と莉緒は気が気ではないのだが、城戸は他人の目などお構いなしだ。

寡作で有名だという監督の映画を観たのだが、莉緒は映画の内容が頭に入ってこなかった。それというのも、城戸がずっと手を握って離さないからだ。ちょっと手を引いてみたのだが、逆に握る力が強まっただけだった。しかし、莉緒の意識があったのはそこまでで、寝不足が祟《たた》ってしまい、いつの間にか居眠りをしていたのだった。

「……莉緒」

遠くから聞こえる低い声で、心地よい眠りからゆっくりと目覚める。目の焦点《しょうてん》が合い城戸の顔が見えて、莉緒はハッ！　と気がつく。

「ごっ、ごめんなさい！　私、寝ちゃった」

「いいよ。疲れていたのか？　誘って悪かったかな？」

莉緒は首を振って、居眠りのわけを話した。

「昨夜は眠れなかったんです。もしかしたら、緊張していたのかも」

それを聞いて、城戸は嬉しげに笑う。

「莉緒でも緊張することがあるんだな。まぁ俺は寝顔をたっぷり堪能させてもらったから良かったよ。さあ出ようか」

莉緒は真っ赤になりながら立ち上がり二人は上映館を出る。

肉好きの莉緒の好みに合わせて、城戸があらかじめ予約していた鉄板焼きの店に入り、アルコールも少し頂き楽しく食事をした。しかし、帰りのタクシーの中では何故か二人黙りこくってしまう。……しばらくすると莉緒の家が見えてきた。ここでお別れをするのがなんだか残念で寂しい気持ちになる。タクシーを待たせたままで、二人はアパートの前で立ちつくしていた。

「先生、あの、よかったら……」

「招待してくれるのか?」

前のめりな城戸に若干引きながら、莉緒は頷いた。

「いつもご馳走になっているし……お茶でも」

「行く」

タクシーを帰した後、城戸を部屋に迎え入れた。実は、莉緒は未だ城戸の素顔を直視できないでいる。以前のようなもっさりとした外見なら言いたいことも言えたのに、なぜかイケメン顔の城戸には遠慮をしてしまう。城戸は莉緒の小さなワンルームのテーブルの前であぐらを組んで座っている。細身のくせに、部屋の中の空気を全て奪ってしまいそうなほど存在感がありすぎだ。紅茶を淹れて城戸の前に置く。城戸の家では、ヨーロッパ磁器に香り高い茶葉がえも言われぬ優雅さを醸し出すのだが、あいにく莉緒が出したのはマグカップに入れた安い紅茶だ。

「なんの変哲もない紅茶ですけど、どうぞ」

「ありがとう」

自分の部屋にいるのに妙に緊張しながら紅茶を飲んでいると、ふと視線を感じて顔をあげる。城戸がこちらをじっと見ていた。以前、お茶を飲んでいる時にキスされたのを思い出してマグカップをテーブルに戻した。

「城戸先生、あの……」

城戸を煽《あお》っているとも知らずに、莉緒は「前みたいにいきなりキスとかダメですよ」などと言おうと口を開いた。

「城戸じゃなくて、聡介」

「あ……」

不意をつかれてポカンとしている内に、腕を掴まれギュッと抱きしめられる。いつラブのスイッチが入ったんだ？　と記憶をたどるけれど、お茶を淹れて飲んだことしか思い出せない。軽く触れてきた唇の感触はどこまでも優しく、触れあう粘膜から媚薬《びやく》のような成分が流れ出ているみたいに莉緒を甘く溶かしていく。夢中で応えているうちにキスは深まり、莉緒はすっぽりと城戸の腕の中に囲い込まれていた。

強い腕の力に抵抗する気はさらさらない。次第に体の力が抜けて、莉緒は城戸のシャツに頭を預けて目を閉じた。昨夜は一睡もしていないから、できることならこのまま城戸の腕の中で眠ってしまいたい……そう願っていたのだが、城戸はまったく違うことを考えていた。

「莉緒」

頭のてっぺんに顎を乗せたまま莉緒の名を呼ぶ。返事をしようとしたが、城戸は言葉を続ける。

「今夜こそお前を抱く」

「……！」

良いか？　ではなくて、抱くと言い切られてしまった。うっとりと閉じていた目を見開いて、莉緒は城戸を凝視した。

「せ、先生」

何か言わなくてはと焦るのだが、言葉を発することはできなかった。城戸の唇が下りてきたからだ。何度も交わしたはずなのに今夜の口付けは性急で、莉緒の言葉も息も奪われてしまいそうだ。城戸の息遣いがそのまま莉緒の呼吸になる。頭を両手で鷲摑《わしづか》みにされて、長い指に髪の毛がくしゃくしゃに乱された。

以前、城戸から高価なネックレスを贈られそうになった時、それとなく抱きたいと言われてもすげなく拒否した。それでも全くめげずに大切にしてくれたことを莉緒は知っている。恋愛に不慣れな自分のために、キスから始めてじっくりと慣らそうとしてくれたこともわかっている。そして、世間から見て自分が城戸に相応しくないということも。

全部わかった上で、莉緒は今、城戸に抱かれたいと強く望んでいた。どんな結末が待っていようと、今だけは……。

舌を吸われ息を奪われながら、莉緒は嬉しさとともに体の中心から今まで味わったことのない悦楽の兆しを感じていた。

「んん……っ、んっ……ふぁ……ん」

自然と漏れる声が恥ずかしい。口づけを受けるたびに、莉緒は『もっと』と願ってしまう。フローリングの床に横たわり、夢中で城戸の肩にしがみつく。優しい手つきで顔にかかる髪の毛を撫でられて、莉緒は目を見開いた。いつもは怜悧《れいり》さを湛えた瞳が、今夜はどこか余裕をなくしているように見える。城戸の余裕をなくさせているのは自分なのだろうか？　そう想像すると、面映ゆい気持ちになる。

「そ、聡介さん、ベッドに……」

言い終わらないうちに抱き上げられ、カバーを掛けたままのベッドにふんわりと降ろされた。城戸は絶妙なカラーのハイゲージニットを無造作に放り投げると、下着代わりのTシャツも床に脱ぎ捨てる。ベッドに腰掛けてズボンを脱ぎ、下着だけの姿で莉緒の上に馬乗りになった。城戸の素肌を初めて見た莉緒の体温は一気に上昇する。恥ずかしくて思わず両手で顔を隠してしまう。莉緒のニットを脱がせながら、城戸の含み笑いが聞こえる。

「莉緒、可愛い顔を見せてくれ」

「やっ。可愛くなんか……」

手首を摑まれて視界が明るくなった。目の前には、雄の顔をした城戸がいた。

「莉緒、寒くないか？」

寒くなんかない。反対に、興奮のせいで熱いくらいだ。莉緒が首を振ると、城戸が嬉しそうに口角を上げる。スカートも丁寧に脱がされて、莉緒は桜ピンク色の下着だけになって横たわった。デートだからお揃いのブラとショーツにしていて良かった……とホッとするが、安心している場合ではない。

首を覆う髪の毛を梳かれあらわになった首すじを舌が這うと、甘い痺れがチロチロと湧き上がってくるのを感じた。胸のまろみが長い指に揉《も》みしだかれて形を変える。痛くない絶妙な力加減の愛撫《あいぶ》に莉緒はいつしか甘く喘いでいた。

「はぁ……っ……は……あっ」

乳輪に沿って舌が這い、もどかしい甘さに身をくねらせると、先端を口に含まれて快感で体が跳ねた。

「あぁっ！」

チュッチュッと音を立てて強く吸われ、莉緒は激しく身悶える。

（あ……もう、どうしてっ？　気持ちよくておかしくなりそう……）

涙目で城戸を見上げると、その反応に気を良くしたのか目を細めている。

「聡介さ……ん」

「莉緒、気持ちいいのか？」

返事をしなくてはいけないようなので、莉緒はかろうじて頷いた。『気持ちいいです』

なんて、恥ずかしくて言えない。小さな意思表示が通じたのか、城戸はもう一方の胸にも甘い責め苦を与える。莉緒の遠慮がちな喘ぎを聞きながら、跳ねる裸身を押さえつけるのが嬉しくて仕方ないみたいだ。軽い足ならしのような、優しくリズミカルな愛撫は続く。血管が透けるように白い莉緒の肌は、所々が淡いピンク色に染まっていく。胸の先端も、濃いピンクに色を変え、もっと触って欲しいとばかりに尖り震えている。

「いくら舐めても、舐め足りない」

乳輪ごと強く吸われ、背中がしなる。城戸の頭を抱きしめて、『もっと！』とばかりに胸を突き出す。

「ふぁ……っ……はあっ」

熱い舌でなぶられ吸われるとお腹の奥底で甘い疼きが生まれ、それが身体中に満ちていく。快楽物質に全身を支配されて、知らず知らずのうちに莉緒は甘い蜜を滴らせていた。唇が臍の周りを通り過ぎ、柔らかい茂みに辿り着く。匂いを嗅ぐつもりなのか、思いっきり息を吸われて、また体がピクッと跳ねる。鼻先で茂みをかき分けられ、敏感な場所をチロリと舐められた。

「キャッ」

驚いて声を上げると、くぐもった笑い声が腰に響く。

「や、先生っ」

「莉緒、もう先生はやめてくれ。まるで自分が悪いことをしているみたいに思える」

「そ……」

「聡介」

「聡介……さん」

名を呼ぶと、嬉しそうに頷く。そうして、莉緒が誰にも触れることを許さなかった場所に我が物顔で口づけが落とされる。

長い指が茂みをかき分けて、柔らかくて敏感な場所に触れる。そこは、甘い蜜で溢れていた。円を描くように指が動くと、やがてジンジンと痛みにも似た快感に声が漏れる。

「んっ……っは……んんっ……」

尖り始めた芽が舌でなぶられ、強い刺激に体がビクビクっと跳ねる。

「……っ！　あ、やぁ……っ」

莉緒は自分の足の間にある少し跳ねた短髪を手で押し退けようとするが、びくともしない。長い指が割れ目を撫で中にクチュンと入り込んだ。すっかり硬く尖った芽をなぶられ狭い中を指が進んでいくと、痛みと悦楽の境の中で莉緒は声の限り喘いでいた。中からはトロトロと愛液が止めどなく湧いてくる。粘膜を何度も行き来する異物にも慣れた頃、指がもう一本増やされた。蜜を掻き出そうとでもするように中の壁を押され、鈍痛にも似た感覚に体が跳ねる。

「ここか……？」

指が別の場所を撫でた瞬間、体がビクッと震え、えもいわれぬ悦楽を感じた。

「はぁッ！」

「莉緒、どうした？」

城戸がわざと声をかけながら抽送《ちゅうそう》を繰り返すので、莉緒は涙目になってくる。悦楽に顔を赤らめる莉緒を見あげて城戸がポツリとつぶやいた。

「やベーな。俺、もたないかも」

そんな言葉も耳に入ってこない。いつの間にか数の増えた指にトロトロに溶かされて、莉緒は背中を反らせ喘いでいた。忙しない呼吸の合間に、クチュクチュと粘っこい音が耳に入る。それがどこの音なのかを想像するだけで、羞恥に全身が艶めく。

足の間に留まっていた城戸の唇が胸の先端に戻ってきた。先端を口に含まれて、莉緒の背がしなる。強く吸われると、蜜がジワジワと湧き出てくるのがわかる。敏感な場所を同時に攻められて、莉緒は声をあげて喘いだ。

「あ、やぁ……っ……っはぁ……ああッ！」

蜜壺の中にある城戸の二本の指を自分が締め付けているのを自覚した。一瞬だったけれど、達した体を制御できない。

気がつくと、馬乗りになった城戸が避妊具をつけていた。不思議な笑みを浮かべて莉緒を見つめている。余裕があるようでいて、必死なのかもしれない？　城戸をそこまで焦らせているのだと思うと、嬉しさで胸がキューッと締め付けられる。

「莉緒」

裸の胸を合わせて抱きしめられる。温かくて滑らかな肌、その下の硬い筋肉を感じて、ドキッとする。背中に腕を回して莉緒も城戸を抱きしめた。これから体を開かれて侵入されるる痛みを覚悟しているのに、背中に腕を回して抱きしめると自分がまるで城戸を守っているような錯覚に陥る。とても不思議な心持ちだ。唇が落ちてきて、舌を吸われ、口腔をくまなく撫でられる。

「……んっ……ふぁ……ぁんっ……」

自然と甘い声が漏れるのを恥ずかしいと感じる余裕はもうない。城戸の剛直が腿に当たると、中がまたじんわりと潤む。期待と微かな不安を感じながら、莉緒はそれが秘所に押し当てられるのを待った。それ自身が別の生き物のように跳ねて膣口を突く。

「莉緒、良いか？」

城戸が上体をあげ、気遣うように尋ねる。莉緒はコクンと頷いて言った。

「来て……」

膣口に押し当てられた剛直が少しずつ挿入される。最初はスムーズに入ったものの、途中から鈍い痛みが生まれる。密で溢れているけれど、初めて男性を迎える体は、そう簡単には受け入れないのだろう。

城戸の押しに負けて行為におよんだけれど、莉緒は今、城戸と一つに繫がりたいと心から願っていた。だから、なかなか慣れない自分の体がもどかしい。城戸が眉を顰めて腰をすすめてくる。苦しいのだろうか？　心配になって声をかけた。

「そっ、聡介さん、苦しいの？」

「苦しい？　とんでもない。莉緒……めちゃくちゃ痛いのは最初だけだ、約束する。だから、ごめん」

そう言うと、グン！　と腰を進めた。

「ううッ！」

「莉緒、痛いよな？」

呻き声を聞いて城戸が体を離しそうになったが、莉緒は城戸の肩に手をかけて首にかじりついた。

「やめないで」

城戸がまた腰を進めると、莉緒は体の力を抜いて受け入れる。

「……っ、んんっ……」

全て入り切ったところで、城戸が動きを止めて莉緒をギューっと抱きしめた。そのまま城戸が腰をゆっくりとグラインドさせると、潤んだ密口から甘い痺れが莉緒の背を走る。長い指が花芯を撫で、莉緒の腰が自然と揺れて声が漏れた。

「あっ……はぁ……ぁあ……っ」

甘い刺激に自分の中が剛直を締め付けるのがわかる。城戸がゾロリ……と自分のモノを抜いてまた腰を進めた。浅い場所を小刻みに突かれて、ゾクゾクっとした悦楽が腰に広がっていく。鈍い痛みが残ってはいるものの、城戸からもたらされる快感に、莉緒は思わず声をあげていた。

「んぁっ……あ、ひんっ……やアッ！」

感じすぎて、どこかに摑まっていないと落ちてしまいそうだ。物理的にはベッドから落ちることはないのだけれど……莉緒は絹のような喘ぎ声を上げながら、自分がどこかに落ちていくような不思議な感覚を味わっていた。何度も中を突かれ、気を失いそうになりながら城戸が果てるのを感じた。

「莉緒……っ」

「そうすけさ……ん」

喘ぐ城戸の尖った顎先を見上げながら、莉緒も悦楽の海に沈み込んだ。


翌朝……目覚めると、城戸がこちらに顔を向けたまま静かな寝息を立てていた。莉緒はしばらくその寝顔を眺めて甘やかな気持ちに浸っていた。

朝食を作ろうと思い、起こさないように用心をしてベッドを抜け出す。身支度をして、できるだけ音を立てないように朝食の準備を始めた。フルーツをカットして紅茶を淹れていると、城戸が目を覚まして寝返りをうつのがわかった。

「聡介さん、朝ごはん食べますか？」

「うん。莉緒……」

城戸が裸の胸を晒して、両手をこちらに差し伸ばしている。

「おいで」

トースターがチンと鳴ったけれど、莉緒は言われるがままにベッドに近づく。

抱きしめられて、裸の胸に顔が埋もれる。城戸の熱といい匂いに包まれて、一瞬だけれど深い安堵《あんど》感に包まれた。

(あ……私、聡介さんが好きだ。すごく好き)

とは言うものの、トーストが焦《こ》げてはいけないので、急がなければいけない。

「聡介さん、パンが焦げちゃう」

「うん」

やっと自由になって、キッチンに向かう。以前話した優雅な朝食をテーブルに並べると城戸が目を輝かせる。パンを口にして、莉緒を見やる。

「旨いな」

この味を分かってくれるのかと莉緒は嬉しくなった。

「バターとパンだけはちょっと高級なものを使っているんです。ささやかな贅沢なんですけど」

「そうなんだ？　莉緒の生活を知ることができて、俺は嬉しいよ」

散々贅沢を知っているだろうに、こんなことで喜ぶなんて変な人だと思うものの、自分のことを知りたいと思ってくれるのが嬉しくて、莉緒は頬を染める。朝食の後、紅茶を飲んでいた莉緒を引き寄せてマグカップを取り上げると、ギューっと抱きしめながら残念そうに呟く。

「今日、親父の代理で医師会の会合に出るんだ」

「あ、そうなんですね。もう行きますか？」

あっさりと莉緒が帰宅を促すと、恨めしそうにこちらを見やる。

「行きたくないな」

いやいやいや！　我儘はダメですから。貴方はウチの病院の院長になるんですから！

と莉緒は内心で叫ぶ。食器を流し台に持っていき、テキパキと片付けを開始した。

「先生、お家で身支度もあるでしょうから、もう帰った方が良いですよ」

手をパンパンと叩いて、城戸を追い出しにかかる。

ぐずる城戸を玄関先で見送ると、またギューっと抱きしめられて口づけが落ちてきた。

莉緒は気持ちとは裏腹に精いっぱいの塩対応をするけれど、結局城戸のキスに応えてしまう。

（私だって、本当は一緒にいたいよ）

そう思いはするものの、なかなか言葉にはできない。こんなことに慣れていないから、いつもの素っ気ない対応に落ち着いてしまう。

「行ってらっしゃい」

そう言って城戸の背中を叩くと、やっと体を離した。

「行ってくる」

城戸は何度もこちらを振り返りながらアパートを出て行った。登校拒否の児童を学校に送る母親みたいな気分だと莉緒は苦笑した。

城戸と一応恋人関係になったものの、この関係は絶対に周囲には知られたくない。莉緒は城戸にそう話そうと思っていた。理由はただ一つ、自分が城戸に相応しくないからだ。

いつか城戸が素晴らしい女性と結婚する頃には、自分はひっそりと病院からも消えていたい。その時がくるまでは……。

(……だから内緒の関係でいい)

結ばれて幸せいっぱい……なのではなく、莉緒の内心には悲壮感が漂っていた。これくらい悪い結果を考えていないと、別れが来たときに耐えられない。


『院長室に来てくれ』

翌週の午後、莉緒は城戸に呼び出された。院長室に向かうと、中には広告代理店の営業の女性二人がいた。あれから色々なことがありすぎて、すっかりポスターのことを忘れていた。

「ポスターできたぞ。投書箱も作ってくれた」

城戸がいつもと同じテンションで声をかけてくる。若干肩透かしを感じるが、今は仕事中だ。莉緒は気を取り直してポスターを見た。院長室の壁に掲示されているのは二枚のポスター。患者役のモデルが笑顔で手紙を持っている場面と、前川と莉緒のツーショット。

画像が加工されていて、パッと見たくらいではナース服を着た写真の女性が自分だとは思えない。

「すごいですね」

「良いポスターになりました」

営業の女性が莉緒に笑顔を向ける。以前、城戸と仕事ができて嬉しいと言っていた女性だ。城戸は莉緒にコーヒーを淹れるように言う。三人はソファーに掛けて城戸が東京に行っていた時の話をしていた。楽しそうに談笑する三人に近づきコーヒーを置くのだが、莉緒は少しだけ疎外《そがい》されたような嫌な気分になった。

（私ってば、ひがんでいるんだわ）

コーヒーサーバーを片付けていると、若い方の女性がお手洗いに向かい、残った営業の女性が城戸に小声で話しかけている。

「先生、その節はありがとうございました。すごく美味しいお店で気に入っちゃいました。彼女には先生とお食事したことを隠しているので、お礼を言い出せなくてすみません」

「いいえ、とんでもない」

莉緒が妄想していた通り、城戸は営業の女性と食事に行っていたのだ！　食事だけなのだから気にするのはおかしいと思いながらも、二人きりで行ったのだと知り、ますます嫌な気分になってしまう。莉緒は何故か手が震えてガラス製のサーバーを落としそうになった。たかが食事と自分に言い聞かせるけれどショックは隠せない。洗い物を片付けると、城戸に挨拶もせずに院長室を出た。

（いやだ。もうこれ以上、この部屋にいたくない）

　これくらいのことでショックを受けていてはダメだと分かっているけれど、莉緒はとにかく一人になりたくて、老年内科の診察室に向かいスリープしたパソコンの前に座って、ボーッと真っ暗な画面を見つめていた。

「と、とにかく仕事しよう」

　気を取り直して、マウスを動かしてソフトを立ち上げる。今日もやることが沢山あるのだ。恋愛にとち狂って仕事を疎かにすることだけは避けたい。中々集中できなかったが、面倒な書類に取り掛かる頃には、夢中でキーボードを叩いていた。その時、コンコンとドアを叩く音が聞こえた。香織なら、漏れる灯りで莉緒がいるのがわかるからノックなどしない。誰だろう？　と莉緒は入り口に顔を向けた。

「莉緒」

　城戸が立っていた。

「あ、お、お疲れ様です」

　黙って出て来てしまったので、少しバツが悪い。

「何かあったのか？　急に出て行ったから心配した」

　その割には、営業の女性と楽しげに会話をしていたし、出ていくのが分かってもすぐには追ってこなかったくせに……と莉緒は不満だ。

（私って、意地が悪いよね……）

こんな自分は嫌だけれど、気持ちに嘘はつけない。莉緒は黙って城戸を見上げた。

「もしかして、話を聞いて怒ったのか？」

「私が何を怒るっていうんですか？」

怒らせたかもって自覚はあるんだね？　とますます腹が立つ。あの時には城戸との関係はなかったけれど、それでも嫌なものは嫌だ。

「食事のことは……」

「もう良いですから！」

城戸の言葉を遮って、莉緒はパソコンに向かう。自分が気にしすぎなのは自覚しているが、怒りが止まらない。タイプミスをしないことを願いつつ、莉緒は城戸を無視してキーボードを叩く。

「莉緒、あのなぁ……」

城戸が話し始めたその時、ドアがいきなり開いた。二人がギョッとして入り口に目を向けると、そこには佐竹医師が立っていた。

「おや、城戸くん。珍しいな、ここに来るなんて……あ、もしかして邪魔だった？」

佐竹医師がニヤッと笑って城戸を見やる。

「先生……邪魔です。痴話喧嘩《ちわげんか》の最中ですから出て行ってください」

「きっ、城戸先生、なんてことを！　佐竹先生、嘘ですっ！」

莉緒は慌てて立ち上がると、城戸の白衣の裾をつまんで引っ張る。出て行ってもらおうと思ったのだ。それを見て、佐竹医師がまたヒヒ……と笑った。

「なんだ、城戸くん。まだ秋山くんを捕まえきれてなかったの？　まあ、苦節一年じゃあ、まだまだ無理かな」

「先生、やめてくださいよ」

(苦節一年？)

おかしなことを言うものだ。城戸と知り合って、まだ半年も経っていないはず。城戸が病院に転勤してくる前に会ったのだろうかと記憶を辿るが、全く思いつかない。それに、なぜ佐竹医師が自分たちのことを知っているのだろう？

「あの……佐竹先生は、城戸先生とは？」

莉緒は二人がやけに親しげなのにも驚いた。同窓だと香織から聞いていたものの、年が離れすぎているからこれほど親しいとは思ってもいなかった。

「僕は城戸くんの指導医だったんだよ」

「えっ、そうなんですか？」

驚きだ。そういう関係なら、親しいのも頷ける。莉緒は城戸をチラッと見やって、また憎まれ口をたたく。

「城戸先生も教えてくれればよかったのに。私が佐竹先生に付いていることはご存知でしょう？」

「うん、ごめん」

　ごめんと言いながらも、全然悪いとは思っていないようだ。莉緒はキッと城戸を睨んだ。莉緒に叱られて頭を掻く城戸をかわいそうに思ったのか、佐竹医師は莉緒を諭す。

「あのさ、僕の東京土産覚えている？　一時間並んであれ買ったの、実は城戸くんだから。東京駅で偶然会ってね、秋山くんへの土産を買うんだって言ったら、喜び勇んで並んでくれたんだよね。それから去年の老年学会ね、あの時も城戸くん来ていたんだよ。君に一目惚れして、可愛い可愛いってうるさかったんだ」

「ええっ⁉」

　城戸は頭を掻いて俯いている。

「先生、本当に勘弁してくださいよ」

「城戸先生、学会に来ていましたっけ？　私全然覚えていないんですけど」

「後ろの席で立ち見していたから莉緒は知らないだろう。それに、受付でも産気づいた妊婦さんの対応で必死に走り回っていたからな」

「先生、どうしてそれを？　あっ、あの時のドクターを知りませんか？　助けてもらった妊婦さんからお礼状が届いていて、私ずっと探しているんです」

「えっ、そうなの？　それは、悪かったな……」

　城戸の気まずそうな顔に莉緒はハッとした。

「え、まさか！　先生があの時助けてくれたドクター？」

「そうだけど……俺の顔を見る暇もなかったから、莉緒が覚えてないのは当然だよな」

城戸がハーッと大きな息を吐いて項垂れる。

「そんな気がしたんだよ。病院で会った時も、全くの初対面みたいな顔をしていたし」

「だって、すぐに救急車に同乗したし、顔なんか見ている暇なかったし……先生、言ってくださいよ！　私……ずっと気になっていたのに」

「ごめん。でもさ、いきなり名乗り出るのも変だろ？」

「変じゃない！」

二人の言い争いを、佐竹医師はニヤニヤしながら聞いている。

「なんだ、心配するまでもなかったかな？」

「……先生、まだいたんですか？　邪魔者はとっとと消えてください」

恩師に向かって随分な言い草だ。莉緒が嗜《たしな》めようとすると、佐竹医師がハハッと笑う。

「城戸くん、今度旨い酒を奢《おご》れよ」

「はいはい、わかりました」

佐竹医師が出ていくのを見届けると、城戸は屈んで莉緒の唇にチュッと軽い口づけを落とした。

「……！」

こんなところでキスをするなんてありえない。

「せ、先生！」

「あのさ、今日来た広告会社の営業さんとは、二人っきりで会ってないからな」

「……本当に？」

「出張した折にうるさく誘われて、仕方なく同期を呼んで食事をしたんだよ」

「そうなんですか」

「……わりとアプローチが露骨すぎてうんざりしたから、交際している女がいるって説明をした。良い仕事するから今後も付き合いはあるだろうけど、女ってのは面倒だ」

「本当に？」

「嘘じゃねーよ。なんなら今から彼女を呼んで確認するか？」

スマホを取り出して城戸が言う。そこまでしなくても良いと言うか、仕事で連絡は必要だけれど、番号を交換しているのが気に入らない。

（私って、すごいやきもち焼きなのかも）

「で、でも。あの時にはまだ……」

そうなのだ。お土産にすごいジュエリーを贈られそうになってドン引きしたけれど、あの頃城戸と莉緒の間には何もなかったはず。それを指摘すると、意外な返事をされる。

「そりゃお前……俺の願望だよ。恋人がいるって言い切ったら本当に付き合えるかもって嬉しくなって、変なテンションのままジュエリーショップに向かってお前へのプレゼントを買った」

「聡介さん……」

全くおかしな男だ。自分を架空の恋人に仕立てたら、急にその気になったってことなのだろうか？

「……先生、本気で私が好きなんですか？」

「お前、まだそんなことを言うわけ？」

自分が疑い深いことは分かっているけれど、こんなにハイスペックで家柄も良い男性が、なんの取り柄もない自分を選んだのが信じられない。これは夢で、翌日には現実に戻っているんじゃないだろうかと恐れるくらい現実感がないのだ。城戸が莉緒の髪を撫でて苦笑する。

「一目惚れは否定しない。お前の個性的な容貌に惹かれて、小さな学会の受付で手際良く仕事をする姿を離れたところからずっと見ていた……だから、再会できた時には嬉しすぎてそっけない態度をとってしまった」

「……」

言葉が出ない。そんなに？　と呆れるほどだ。城戸は莉緒に理解してほしいと言い募る。

「夜、医局でバッタリ会った時も、どうやって誘おうかってずっと思っていた。お前を脅迫まがいに仲間に引き入れて、仕事を無茶振りしながら神様に祈っていたよ、『愛想を尽かして去って行かないでくれ』って……」

かなりドン引きな告白だ。莉緒は城戸の過去の言動を思い返しながら、内心で叫ぶ。

（私にスパイしろだとか……無茶振りした時も私を好きだったたって言うの？　この人って

ドS？　それとも中身が小学生？　だって、好きな子を虐《いじ》めるってヤツじゃない？）

呆れてものも言えない。でも……莉緒も、この男にどうしようもなく惹かれているのだから仕方がない。

「先生、本当に呆れちゃいます。でも、私も同罪かも。そんな先生が好きなんだから」

「莉緒……」

城戸は莉緒の両頰に手を当て、顔を傾けてきた……が、ふと後ろを振り返り、壁の鳩型の温度計を外した。首を傾げる莉緒にニヤッと笑って言う。

「これ、カメラだよ。ネットワーク管理者が見ているとマズいだろ？」

「はぁっ？　これがカメラ？」

温度計なんて誰も気にしないものだ。そういえば最近院内でこの温度計を目にするなぁ……と思っていた。これが例の監視カメラだったなんて！　莉緒は驚愕するも、城戸の性急なキスにいつの間にか応えてしまう。

「莉緒、今夜俺の家に来ないか？」

城戸に囁かれて、莉緒は頷いた。


何度も訪れた城戸の自宅。理事長先生は今夜会合があるらしく不在だ。

（退院したばかりで会合だなんて、大丈夫かな？）と心配するが、城戸はあまり心配していない。アルコールは飲まないし、周りが医者ばかりだから安心だなどと能天気だ。家政婦さんが作り置きしてくれた夕食を一緒に頂きながら、莉緒が尋ねる。

「先生の願掛けって、やっぱり理事長先生の病気の回復だったんですか？」

「親父には焦らずきっちり治して退院して欲しかったが、願掛けの本丸はやっぱり田中さんだ。親父が彼の素行に頭を悩ませていることを知っていたから、このまま病院にいられたら、病院自体が危ないと感じていた。俺は病院を健全な形に戻したいと強く願っていたんだよ」

「それにしても、どうして変装なんて考えついたんですが？」

ずっと気になっていたことだ。元々莉緒が城戸に興味を持ったのも、その変装が原因だったのだから。城戸が滑らかな顎を撫でながら笑う。

髭が生えていた頃には鬱陶しかった城戸の癖だが、綺麗な顎の線が露出した今では妙にドキッとする仕草になっている。

「変装じゃなくて、髭と髪の毛とメガネに隠れていたというのが正しいかもな」

「隠れる？」

城戸はビールを飲み干すと、グラスを静かにおいた。

「田中さんは俺のガキの頃を知っているから、感づかれる危険はあったんだ。でも理由はそれだけじゃない。俺、外見のせいで散々面倒な目にあってきたから、念願を果たすまでは目立ちたくなかったんだ。おかげで莉緒以外の女性には目をつけられなかったし」

「目をつけるって……変な意味で詮索したんじゃなかったんだけど」

「ふふ……分かっているよ。俺は莉緒の視線が嬉しかった。訝しげな目つきで睨まれても、嬉しくてゾクゾクした」

　そう言うと、城戸は莉緒の腕を引いて自分の膝の上に誘導する。その意図を感じて、少し抵抗するも、力強い腕に持ち上げられあっさりと膝の上に乗せられた。

　右の肩の上に城戸の顎が載せられる。耳に息がかかってくすぐったい。長い巻き毛をかき分けて、城戸の鼻先が耳の裏に触れる。息を大きく吸う音が聞こえて、莉緒は羞恥で頬を染めた。

「そっ、そんなところを匂わないで……っ」

「いい匂いしかしない。なんでだろうな、俺お前の匂いが好きなんだ。この長い首も、エロくてそそられる」

　コロンなど使わない莉緒は戸惑うが、香水や化粧が嫌いな城戸だから、人よりは敏感に肌の匂いを感じるのかもしれない。

(首がエロいはさておき、先生は私の素肌の匂いが好きってこと？)

　そう思い至ると、少し面映い。そんな乙女チックな考えに浸っている莉緒とは裏腹に城戸は必死だった。今夜も莉緒を抱けるのだろうか？　許してくれるかな？　などと思いながら、耳朶に舌を這わす。

　莉緒の肩がピクッと動く。そのまま食まれて耳孔に息がかかる。腰をホールドしていた手が服と肌の隙間に入り込んで、簡単にブラのホックを外されてしまった。小ぶりな胸が長い指に直に掴まれて形を変え、先端に指が触れるたびにお腹のあたりが甘く痺れてくる。

「んっ……」

首筋を舌が這い胸の先端が捏《こ》ねられ、莉緒の腰が悦楽に揺れる。甘い吐息と共に、体の中心がジンワリと潤んできた。

「ふ……んっ……ぁあ……っ」

「気持ち良いか？　もっと良くなりたい？」

耳の後ろを吸われチクッと痛みが走る。それさえも心地よくて、莉緒は城戸の問いに素直に答えていた。

「ん……あ、もっ……と」

スカートの裾が捲られ脚が露わになる。指が蜜を滴らせる場所に入り込み抽送を繰り返す。やがて、クチュクチュと淫靡《いんび》な音が莉緒の耳に届いてきた。このいやらしい音が自分の体から聞こえているのだと思うと恥ずかしいけれど、すごく興奮してくる。

（私ったら……こんなに……）

自分がいやらしい女になったみたいで、すごく恥ずかしい。

「あぁっ……あふっ……あ、や……」

二本の指が入って角度を変えながら内壁を行き来する。鈍い痛みのような感覚から、チリチリとした快感が体を満たしていく。蜜は止めどなく溢れ、股の間が濡れているのがはっきりとわかる。莉緒は、城戸の衣類を自分が汚しているのではないかと気になってき

た。それに、誰かがこの部屋に入ってきたら……。

「服……濡れちゃう……ね、この部屋って……」

「そんなことを気にするなんて、余裕だな。誰も入ってこないよ。親父は市外での会合だから今夜はホテルだ」

莉緒の肩に歯を立てて、城戸がくぐもった声で言う。長い指で膣壁を執拗に擦られ、莉緒は甘い声を漏らす。止めどなく溢れ出る蜜のせいで蕾《つぼみ》が硬く充血して、触れられるとビクビクッと体が震える。硬くなった胸の先端を捏ねられながら、淫靡な水音が響く中、莉緒はいつしか与えられる快楽に夢中になっていた。膣奥を抽送する指に何度も擦られ今にも達しそうだ。

目の前がチカチカして、息をするのを忘れそうだ。

「はぁ……っ、あ、や、せんせ……い、ひぃんっ……あ、やあぁっ！」

腿の上で達した莉緒は、城戸に弛緩《しかん》した体を預けた。指が抜かれると、またビクンと中が痙攣《けいれん》する。

「あっ……」

莉緒を横抱きにすると、城戸は応接間を出ていく。

「寝室に行こう」

ベッドに降ろされると体が震えてくる。寒いからじゃない、これは多分期待と興奮……。城戸が素早くシャツを脱ぎ、上半身裸で莉緒の傍に横たわった。引き寄せられて瞼を開けると、城戸の端正な顔が目の前に迫っていた。強く抱きしめられて唇を重ねると舌先で唇の内側を撫でられて声が漏れる。

「あっ……」

すかさず滑り込んだ舌に口腔を好きなだけ探索される。舌を絡ませ合うだけで体がジン……と熱くなってきた。いとも簡単に衣類が剝《は》ぎ取られて下着も床に落とされた。裸の胸をピッタリと合わせ熱い体に包まれると、心地良すぎて自然とため息が漏れる。

「ん……っ、あったかい」

言葉は悪いし態度は大きいし、無茶振りするドクターだけれど、一皮剝けばこんなに温かい。本当は優しい心の持ち主だと分かっている。仕事で一緒に行動しているうちに、自然と理解できた。

胸がやわやわと撫でられて、快感に体がビクビクッと震える。

「莉緒は敏感だな。可愛すぎる」

乳輪を舌が這い、先端が軽く吸われ、また体が反応する。熱い舌に覆われ強く吸われると、莉緒は堪えきれずに背を反らせて喘いだ。

「あぁっ……！」

両方の胸を交互に吸われ、蜜がジワジワとシーツを濡らしていく。蜜を絡ませた指に花芯を撫でられると、電気のような快感が走る。背を反らしたせいで突き出た胸の先端が、口に含まれて舌で転がされるだけで、気がおかしくなるほどに気持ちがいい。

いつしか莉緒は、恥ずかしいほど甘ったるい声で喘いでいた。

「あ、やぁ……はぅ……ん……きもちいい……っ」

「これ好きなのか？」

「や、聞かな……いで……え、あっ……んんっ、もっと……吸ってぇ……！」

胸を愛撫されるだけで、こんなに乱れてシーツを濡らしてしまうなんて……莉緒の肌は羞恥で染まっていく。下に伸びてきた長い指に蜜壺を好き勝手にかき混ぜられて、また声が漏れる。

「ひぅ……っ、あぁ……あんっ」

城戸の指は莉緒が感じる場所をすっかり学習していて、執拗に中を擦り上げる。莉緒が腰をくねらせながら悦楽に喘ぐ。蜜壺の中は、快楽を与えてくれる指を離すまいとするかのように締め付けていく。激しい快楽のせいで浅い息を繰り返す莉緒の体の奥底に、絶頂が波のように近づいてきた。

「莉緒、イク……？」

目を閉じてその時を待っている莉緒の耳元で城戸がそう囁き、長い首筋に歯を立てて吸い付く。

「はッ……」

強い刺激を受けて、莉緒は一気に波に飲まれた。上半身を弓のように反らせて喘ぐ。

「あっ、あぁっ、はぁ……っ、あ、やぁ……ッ！」

悦楽と苦痛を同時に与えられたような気分だった……果てて横たわる莉緒の片膝が折られて、城戸がのしかかってくる。ぷっくりと腫れた秘所は屹立を待ち受けていたように蜜で潤みきっている。屹立が密口に押し当てられただけで、莉緒の腰がピクッと震える。

「……んっ」

「莉緒、挿れるぞ」

城戸が腰を前後にスライドさせると、赤く尖った花弁が擦られてジィン……と甘い愉悦がこみ上げてくる。ゆっくりと入ってきた剛直の圧迫感は強く、莉緒は目を閉じて喘いだ。

「はっ……はぁっ……」

「痛いか？」

気遣う声に笑顔を見せ首を振る。鈍痛は微かに感じるものの、それよりも城戸の体の重みや肌の温かさに胸が熱くなる。親密な行為は莉緒に安心感を与え、そしてまた悦楽への期待に胸が高鳴っていた。

熱い剛直がまだ狭い中を広げながら進むと、莉緒は城戸の背中に腕を回してしがみついた。屹立が奥まで収まると、ギュッと抱きしめられる。それだけで莉緒の内壁が剛直を締め付けたので、城戸がウッ！　と呻いた。

「莉緒の中はめちゃくちゃ気持ちいい。狭くて、熱い」

城戸が腰を揺らしながら呟く。

「先生……っ、あぁっ……っはぁ……」

剛直が抜ける寸前まで引かれ、ゆっくりと押し入ってくる。重く硬い剛直が中を擦ると、内壁が逃がすまいと纏わりつく。城戸が悦楽に眉を顰めて顎を逸らすのを莉緒も快楽に霞む目で見上げていた。何度も抽送を繰り返され、莉緒が切れ切れの声をあげると、唇を塞がれて声を奪われる。

「はぁ……っ」

ベッドがギシギシと音を立てる度に、城戸の腰を受け止めて甘い蜜が溢れてくる。唇が離れ寂しさを感じたのも束の間、乳房を吸われ白い肌に赤い印が散らばる。先端が口に含まれると、さらに蜜が溢れ、莉緒は永遠とも思われる悦楽に声をあげ続けた。中壁が剛直を締め付けているのがわかる。苦しいくらいに感じすぎて、頭が白い霧に覆われそうだ。

「ぁあ……っ、聡介さ……、あぁッーー！」

「莉緒っ！」

酸欠だったのだろうか？　莉緒はほんの数秒間、意識を手放してしまった。気がつくと、城戸が心配そうな眼差しをこちらに向けていた。

「あ……」

「大丈夫か？　俺、激しくしすぎた？」

「ううん。ごめんなさい、感じすぎて意識が飛んじゃったみたい」

城戸は一瞬言葉を失って、性急に莉緒の口を塞ぐ。舌を強く吸われて、口腔の中を全部持っていかれそうだ。

「んんっ……はう……ん、ふぁ……っ」

城戸の口づけは苦しいのに甘く、激しく求められるとそれだけで嬉しくなる。莉緒は涙目になりながら、必死に応えていた。

「莉緒、可愛いすぎて、このまま抱き倒したくなるよ」

それは、怖いです……と莉緒は考えていた。しかし城戸は避妊具を外しダストボックスに捨てると、新たに装着し始める。

それが気配で分かってしまった莉緒はブルッと身震いをした。

「莉緒……」

差し伸べられた手をおずおずと取ると、強い力で引っ張られ莉緒は裸の胸に倒れ込んでいった……。

8　下手くそなプロポーズ

　昨夜、抱き倒すと放った言葉に嘘はなかった。莉緒は何度も果てた後、起き上がれずにそのまま眠りについてしまった。朝目覚めると、明るい光がカーテンの隙間から差し込んでいる。広いベッドに一人きり、城戸はどこだろうとキョロキョロと部屋を見渡す。ガチャッとドアノブを回す音がして城戸が入ってきた。スウェットパンツを腰ばきにして、寒いのに上半身は裸だ。莉緒はドキドキする胸に手をあてて城戸に視線をあてる。

「莉緒」

「聡介さん、あの……おはようございます」

「おはよう。ちょっと入らせて」

　身につけていた衣類を脱ぎ捨てベッドに潜り込んで肌を合わせると、城戸は満足そうに大きな息を吐く。

「はーっ、莉緒の肌は気持ちいいなあ。寒いか？」

「いいえ、全然。聡介さん、どこに行ってたんですか？」

「親父から電話が入ったから、応接間で話をしていた」

「そうですか、お父様が……あっ、もしかして帰宅されるんですか？」

起きあがろうとした莉緒を抑えて城戸はハハッと笑う。人様の家でこんなことをしただけでも申し訳ないのに、城戸の父である理事長先生が帰宅するなら自分は帰らなければいけない。莉緒の焦りなど全く気にせず城戸は背中を撫でている。

「私、起きます」

理事長が留守の間に勝手に屋敷に泊まったことを、莉緒は後悔していた。早く出ていった方が良い。しかし城戸は、莉緒の焦りを気に留めることもなくのんびりしている。

「起きなくても良いよ。もう少し寝ていよう」

呑気な城戸を無視して莉緒はベッドを降りると、衣服を身につけ始めた。昨夜は疲れて寝入ってしまったことが悔やまれる。城戸も仕方なく起き上がり、今さっき脱いだ衣類を身につけて言う。

「朝食を摂ろう。身支度をしておいで」

「えっ、でも……」

焦って身支度をする莉緒の頭を撫で背を屈めると、目を合わせて微笑んだ。

「あのさ、莉緒を恋人として、ちゃんと親父に紹介したいんだ」

「えっ？」

莉緒の心配を城戸はあっさりと解消しようとする。

「ここは俺の家でもあるんだよ。俺が招待したんだから心配はいらない。それに今は勤務外で、莉緒はただの俺の恋人だ。彼氏の家族に顔を合わせるのはちょっと気まずいかもしれないけど、そこは我慢してくれるか？」

城戸に好きだと言われても、受け入れることが中々できずに過ごしていた。そして、ようやく肌を合わせても莉緒には『恋人』だという自覚が持てずにいたのだが、城戸からはっきりと言われてハッとする。

「私が恋人……」

「おい、今更違うと言われたら、俺の立つ瀬がないぞ」

「ち、違わない……かも」

莉緒の妙な日本語を城戸はクスッと笑ってキッチンに向かう。莉緒は急いで洗面室に飛び込むと身支度を始めた。顔を水で洗った後クシャクシャの髪を手櫛で梳きゴムで結んで身支度は終わりだ。我ながら小学生の頃から変化がないと苦笑する。ダイニングに向かうと、紅茶のいい香りがした。テーブルには朝食のプレートが並べられていて、トーストしたパンの隣にフルーツとゆで卵、ヨーグルトも添えられていた。美しい食器に盛り付けられているので、特別豪華に見えた。

「わあ、ホテルの朝食みたいですね」

「頑張っただろう？　さあ、食べてくれ」

椅子を引き、嬉しそうに莉緒の世話をする。理事長が戻ってくると思うと落ち着かないが、それでも昨夜トロトロに乱された後だけに、甘く面映い気持ちになってくる。

朝食を終えて紅茶をゆっくりと飲んだ後、二人はキッチンに並んで洗い物をした。莉緒は家政婦さんのエプロンを借りて食器の汚れを落とし隣で城戸が泡を流すのだが、袖を捲った城戸の前腕が気になってチラチラ見てしまう。ベッドでは腕の筋肉が気になったりはしないのに、どうしてだかキッチンでは妙にセクシーに見えて目が離せない。

（私ってば、どうしちゃったの？）

自分の目と脳が誤作動を起こしたのかと莉緒は思いっきり戸惑うが、とりあえず皿洗いに集中する。背後で物音がしたので振り返るとキッチンの扉が開け放たれており、スラッとした女性が立っていた。

女性は莉緒よりも年上に見えるがゆるふわ系の美女で、長い栗毛を軽くカールさせ、綺麗にメイクした目をまん丸にしてこちらを凝視している。もしかして、この女性は城戸の彼女？　と莉緒はショックで固まってしまった。

「おふくろ!?　え、来たの？」

（えっ！　お、お母様なの？）

一瞬にして疑惑は解けたものの、女性はとても城戸の母親には見えない。

「来るんなら、先に言ってくれよ」

城戸が毒づくも母親はびくともしない。赤い唇でニッと笑って莉緒を見やる。

「珍しいわね、貴方が女性を家に呼ぶなんて……というか、私、聡介の彼女って初めて見るかも。一体全体どうしたの？　貴方、女嫌いじゃなかった？」

母親が揶揄うと、城戸は莉緒に視線を向けて微笑んだ。

「莉緒、おふくろだ。彼女は秋山莉緒さん。俺の大事な女性だ」

莉緒はエプロンを脱いで頭を下げた。震える声で挨拶をする。

「はじめまして、秋山莉緒です。城戸先生にはお世話になっております」

「あらっ、病院の人なの？　聡介の母、城戸まりあです、よろしくね。……ん、あきやまりおさんって……？」

「ああ、長谷川の第一発見者だよ。彼女がいなかったら、彼を発見できなかった。それよりお袋、彼女にあや……」

城戸の話が終わる前に、まりあが莉緒に近づいてガバッと手を摑んだ。莉緒は驚きで身動きが取れない。隣で城戸もあっけに取られている。

「おふくろ、何す……」

「貴女が長谷川を見つけてくれた秋山さんだったのね！　ありがとう、本当にありがとう。あのバカったら、とんでもないことしでかしちゃって、おまけに私が怖くて逃げやがって……あ、失礼。逃げちゃって、ほとほと困っていたのよ。秋山さんがいなかったら、あのバカはどうなっていたか、最悪死んでいたかもしれない。後で長谷川や森田から聞いてゾッとしたわ」

「あ、あの……お母様、大袈裟です。見つけられたのは偶然ですし」

「いやいやいやいやー！　そんなことないわ、秋山さんのおかげよ。なのに私ったら、あんな失礼なことを言って、申し訳なかったと思っているの。聡介からめちゃくちゃ叱られちゃって、ものすごく反省しているの。ごめんなさい」

「い、いいえ。そんな……」

城戸の母の誤解は解けていた……！　莉緒は、心の奥底に残っていた自責の塊が、溶けていくような気がした。

しかし、城戸母の勢いは止まらない。手を握る力は強くて、全身から強烈なエネルギーを感じる。なんだか、すごい人だということだけはわかる。莉緒はますます怖くなって腰が引けてきた。すると……。

「ただいま～。あれ、まりあさん来ていたの？」

「あ、康介さん」

城戸の父である井出理事長が戻ってきた。少し疲れた様子だが、顔色は悪くない。城戸母の意識が理事長に向かったので莉緒は逃れることができたが、掴まれていた手がジンジンする。

「理事長先生、おかえりなさいませ。お邪魔しております」

「秋山さん、いらっしゃい。聡介が世話になってすまんね。まりあさんダメだよ、聡介の邪魔をしちゃあ。ほら応接間に行こう」

「えっ、私もっと秋山さんと話をしたいのに」

「良いから、行こう」

　そう言って元妻を引っ張っていく。城戸母がいなくなると、莉緒はホッとして大きな息を吐いた。それを見て、城戸が申し訳なさそうに言う。

「悪いな、おふくろが来るとは思わなかった」

「いいえ。でも……」

「ん？」

「林さんから聞いていたんですけど、お母様のマシンガントークの凄さを実感しました」

「林？　システムの？」

「はい」

「……だよな。まだお袋は話し足りないみたいだけど、大丈夫か？」

「はい、もう大丈夫です。コーヒーでも淹れて行きますか？」

　もう自分への誤解はとけたのだ。莉緒はそのことが嬉しかった。城戸の母なら、言葉がマシンガンでもきっと大丈夫。莉緒は自分にそう言い聞かせた。


　城戸が院長になって半年。最近では非常勤の医師が随分と増えた。常勤医の数は中々増えないし年齢層も高くなっていたので、城戸が自身のコネクションを使い、若手で腕の良い医師を集めているのだ。大学病院の医局に属している医師はもちろんのこと、どこにも属さないフリーランスの医師もいる。腕に自信があり、どこでも仕事ができるドクターが最近では増えているのだ。

そんな中でも、前川の存在感は群を抜いている。高齢化社会だけあって、高血圧から心臓病までを診る循環器科の患者数は多く、患者数はどんどん増えてきた。なので週一だった診療が今では週二になったものの、交換条件が前川の病院から出された。それは、城戸が週一で前川病院の外科のオペを手伝うこと。金曜日に午前の診察を終えると、城戸は小さな車で前川総合病院に向かうことになった。

たまたま莉緒が放射線科に頼んでいたCD-ROMを受け取りに行くと、駐車場に向かう城戸にばったり会った。

「莉緒！　これから行ってくるよ」

「お疲れ様です」

城戸が少し疲れているように見えて、莉緒は心配になる。あたりをキョロキョロ見渡して、誰もこちらを注視していないとわかると、小声で会話をする。

「先生、大丈夫ですか？　栄養ドリンクとか買って来ましょうか？」

「大丈夫だよ。今日のオペは長くかかりそうだけど、終わったら……お前の家に行くかもしれない。良いか？」

背を屈めて莉緒の耳元で囁く。そう言われただけで、莉緒の心臓は大きく鼓動する。頬を染めて、莉緒は城戸を見上げた。

「あ、はいっ、どうぞ。……あの、気をつけてくださいね」

「おう」

莉緒の髪をクシャッと乱すと、城戸は急いで出て行った。

（行っちゃった……）

莉緒はひと時仕事を忘れ、城戸の車が見えなくなるまで見送った。

午前の仕事を終えて、お弁当を手に二階の休憩室に向かう。お気に入りの窓際の席には香織がいた。

「お疲れー」

ヘラヘラ笑って隣に座ると、肘で横腹を突かれる。

「痛っ！」

「見たよ～。ラブラブやねぇ」

「えっ⁉」

誰にも見られていないと思っていたのに、香織だけは侮れない。しっかり観察されていたようだ。

「それにしてもさぁ、莉緒と城戸院長がね～」

「いや、その、えっと……」

冷やかされるのが苦手なので、いつになってもまごついてしまう。

莉緒と城戸の関係は、今や病院内では周知の事実となっている。莉緒としては不本意な状態なのだけれど、これも仕方がない。

城戸の家で朝を迎えたあの日、確かに誰も理事長に口止めなどしなかった。莉緒だって、まさか理事長が自分達の交際をあきらかにするとは思ってもいなかった。

それは、莉緒が医事課で主任と話をしていた時だった。事務長に用事があって事務所に入ってきた理事長が莉緒を見かけると、手をあげてにこやかに言ったのだ。

「秋山くん来週末にでも時間を作って遊びに来てくれないかな？　聡介から話があると思うけど、まりあが君に会いたがって煩いんだ。頼むよ」

「……は、はい」

終わった……。爆弾発言に周りがざわめく中、医事課を出ていく理事長を見送りながら、莉緒は自分の脇役としての穏やかな日々が終わりを告げたのを悟ったのだった。

人の噂にのぼって、仕事に差し障るのだけは避けたかったのだが……。

「あ、ほら……」

莉緒を見かけると、指をさしコソコソと噂話をする同僚もいる。悪気はないのだろうが、目立つのは困る。うつむく莉緒を香織が明るく励ます。

「気にするなよ。これもさ、有名税だと思えば良いんだから。そんなことで悩むなんてもったいないぞ。何があっても院長が守ってくれるってば！」

莉緒が嫌な目に遭えば、きっと城戸は助けてくれるだろう。それは間違いない。香織の言う通りなのだが……。これまで一人で頑張ってきた莉緒にしてみれば、若干不本意な状況だ。でもそれを言うと贅沢と言われる。

「莉緒はもっと胸を張っていれば良いんだよ。身を粉にして病院に尽くしているんだから」

「そんなことないよ」

「そうでもないんだってば」

香織がニヤッと笑う。

「ほらあれ」

指をさす先には、莉緒のアイディアで各休憩室に設置された『ほめ手箱』がある。一生懸命仕事をしている同僚を褒めてあげることはできないかと、以前城戸に提案したものの先送りにされていた案件だ。新しい休憩室が大好評だったので、この度めでたく案が採用された。

その運用は、忙しい莉緒に代わって香織が行っている。ちなみにトンチの利いたネーミングも香織によるものだ。

「先週『ほめ手箱委員会』があったんだよ」

「すごいね、そんな委員会あるんだ？」

「なんでも委員会ってつければ、お茶代が出て会議室を使えるからね」

イヒヒ……と香織が笑う。

「来週の月曜に回覧メールがまわるから楽しみにしておきなよ」

「城戸先生が褒められてた？」

そこかよ！　と香織が呆《あき》れて目をぐるりと回す。

「仕方ないなぁ。委員会以外は誰も見てないから、内緒だよ」

そう言って、莉緒にいくつかのアンケート用紙を渡す。そこに書かれていたのは、意外な内容だった。

『クラークの秋山さん、毎日必死に仕事している。見ているとこちらが元気をもらえる』

『秋山莉緒さん、ポスターめちゃ可愛い。普段は仕事の鬼って感じなのに意外』

「え……っ、嘘……。というか、ポスターのモデル、私ってバレてた？」

「当たり前だよ。騒ぐと莉緒が嫌がるから誰も声をかけないけど、バレバレだよ……あ、城戸先生はオペの腕を褒められているけど、これはオペ看が書いたんだろうね」

香織から見せてもらった中の一枚には、城戸のオペ中の態度の良さと腕が賞賛されていた。

「わっ、嬉しいね。先生喜ぶよ」

「ほんとうに莉緒ってば、城戸先生が大好きなんだね……もう私は嬉しいよ～奥手な莉緒に春が来てさぁ。しかも相手が城戸先生だなんて、感無量だよ」

「ちょっとやめてよ、恥ずかしいから」

「良いじゃん」

（でも、やっぱりこの企画を進めてもらってよかった）

莉緒は嬉しさで胸がいっぱいになった。自分が褒められたからというよりは、皆の文章に互いを思いやる心が滲み出ていたからだ。

その日莉緒は少し残業をして自宅アパートにたどり着いた。城戸からの連絡はまだない。オペが長引けば今夜は来ないかもしれない。残念だけれど仕方がないとため息をつく。

パスタの気分だったので、レトルトを使ってパスタを作る。今夜はナポリタンにした。最後に目玉焼きと粉チーズは欠かせない。結構なボリュームになってしまい、完食後お腹がいっぱいで動けなくなった。ぽっこりしたお腹を撫でて大きな息を吐く。

（はーっ。今日は城戸先生、じゃなかった、聡介さんがいなくてよかった）

食べ過ぎでブタになった姿を見られるのは嫌だ。合鍵を渡しているから夜に来るかもしれないと思ったが、その頃にはお腹もぺったんこになっているかな。城戸のことをぼんやりと考えながら、お風呂を入れようと立ち上がった。

その夜。寝入っていた莉緒は、物音で目が覚めた。玄関のドアを開錠する音と共に、人の気配がする。暗闇の中、寝ぼけ眼《まなこ》を開くと、ベッドの側で洋服を脱いでポイポイと椅子に引っ掛ける人物が……。その手際の良い仕草には見覚えがある。狭いベッドが軋んで、冷たい足が当たったと思ったら、後ろから抱きしめられた。

「はーっ。俺、疲れちゃったよ」

オペが長引けば前川の家に泊まるかもしれないので期待はしていなかったがこうして本当に来てくれるとやっぱり嬉しい。

「聡介さん？」

「うん」

「玄関の鍵、ちゃんと掛けてくれた？」

「うん、掛けた」

そう言って、莉緒の首筋に鼻をうずめる。最近では城戸と抱き合うことにも慣れてきて、くすぐったいよりもゾクゾクっと背中が期待で震えてくる。丁度ヒップの割れ目のあたりに硬い屹立が当たっているのを感じる。後ろからツンツンと軽く突かれて莉緒は身をよじった。

「莉緒、したい」

周りくどいことを言わないので情緒がないように感じるけれど、莉緒はそれが嫌ではない。

「……私も」

そう答えるやいなや、後ろから胸が掴まれる。大きな掌に莉緒の小ぶりな胸はすっぽりと包まれ、やわやわと揉まれる。二本の指の間で先端が擦られて、小さな悲鳴のような声が漏れた。

「ひっ……っあ……」

片方の腕は下腹に伸び、軽くさすった後その下の繁みに向かう。指にまとわりついた蜜が滑りを良くして、濡れる花弁の奥がその指を甘く誘いこむ。花芯が赤くピンと尖ってくるにつれて、莉緒は押し殺した声を漏らす。

「はぁ……っ、は……ぁ……っ」

静かな室内に、クチュクチュと粘っこい音が響く。耳朶を食まれ耳孔に息が入り込むと、体が無意識にビクビクっと震える。

「あ……っ、やあ……耳っ……！」

「耳がいいのか？」

「やんっ……感じすぎ……っ、はぁっ、あ、や……」

蜂蜜のように濃い愛液が湧いてくる。物欲しげだと思われたくないものの、莉緒は城戸に早く入ってきて欲しいと感じていた。『欲しいの』と口に出しては言えないが、体は正直で、止めどなくトロトロの蜜が溢れ出る。避妊具のパッケージを開ける音がして、密口に先端が押し付けられるのがわかった。クチュリ……と重く硬いモノが入ってくる。

「あっ……」

メリメリと中壁を押し広げて剛直が埋め込まれていく。

「はぁっ……あ……っ、ん……っく」

鈍い痛みは感じられない。ただ重い物体が中をいっぱいに満たしていく感覚が半端ない。剛直が奥まで納まると、城戸が腰を少し引いてまたゆっくりと押し込む。緩慢な動きなのに、引かれるたびに中壁が締め付けて剛直に纏わりつくのがわかる。グチュグチュと避妊具の擦れる音、溢れる蜜の粘っこい水音、城戸の肌の暖かさ、そして匂い……全てが莉緒の五感を十分すぎるほどに満たしていく。もたらされる快感に夢中になるあまり、莉緒は知らず知らず、艶めかしい声をあげていた。

「ひゥッ！　はっ……あ、ヒィ……ッ、あ、や、そこぉ……っ、ああっ……！」

莉緒の嬌声《きょうせい》に、城戸が思わず声を漏らす。

「っ、莉緒すごいな……」

「や……恥ずかし……いっ」

「可愛いよ……あぁ、そんなに締め付けて……」

腰を思いっきり押し付けられて、中壁が戦慄《わなな》く。浅く挿入され腹側の中壁を突かれると、堪えきれずに悦楽の声をあげる。城戸は不思議と莉緒の気持ちいいところをわかっていて、そこを硬く熱い剛直で責め立てる。

「んんっ……だってぇ……ああっ、ひいん！」

「……っは！　俺イキそう」

気持ち良すぎて辛い。でも、楔を抜かれると空っぽみたいで辛い。どちらも辛いのなら、永遠に繋がっていたい。莉緒は悦楽に咽びながら、胸がいっぱいになっていた。いつから好きになっていたのかわからない。恋人としての自覚ができたのも最近のことだ。でも、私はこの人が好きだ。誰よりも何よりも大切に思う。

「聡介さ……、す……き……っ！」

「莉緒っ、莉緒……」

口づけを交わしながら、二人は絶頂に達した。

眩しい日差しの中、莉緒は気だるい体を起こした。城戸は傍でうつ伏せになって眠りこけている。その姿を見て莉緒は、こんな狭いベッドに大柄な男がよくもまあ収まっているなとクスッと笑う。

気配を感じたのか、城戸が目を覚ました。顔を上げ、朝日の中で微笑む莉緒を見上げる。小さな胸の先端はツンと上を向き、肌は抜けるように白い。外国の血が混ざっているような個性的な美貌を、少し乱れた栗毛が額縁のように縁取っている。

誰にも莉緒の美しさを見破られたくない。誰にもこの綺麗な肌を渡さない。城戸は目覚める前に見た夢を思い出して莉緒に告げた。

「夢の中で、莉緒が真っ白いドレスを着て回廊を歩いていた」

「へ、夢？」

ヘラーっと笑って頷く城戸に、莉緒は何の気なしに突っ込む。

「なにそれ、まるで結婚式じゃない？　花婿はどこにいたの？」

「ここ」

「はぁ？」

寝ぼけているのだと思い、莉緒は思いっきり呆れて見せた。

「思わせぶりな夢など見ないでね。おまけに一人で回廊なんか歩かせないで欲しいわ」

「いや、めちゃくちゃ可愛いかったから、莉緒にも夢の中身を見せてやりたいくらいだよ。あ、でもやっぱり、もったいないから誰にも見せたくないかも」

などと意味不明なことを言う。

「変な聡介さん。あのね、そんなセリフはプロポーズをしてから言ってよね！」

「俺さ、プロポーズしたつもりだったんだよ。あのネックレスを渡した時それくらい必死だったんだけど……」

一瞬呆気にとられたあと、莉緒は思いっきりツッコんだ。

「え、それはまた……下手くそな……」

「ああ。俺は莉緒のことになると、ボンクラになるんだ。なぁ莉緒、あのネックレスそろそろ受け取ってくれよ。それから……俺と結婚してほしい」

お互い全裸で、狭いアパートのベッドの上で、生まれて初めてプロポーズを受けた。莉緒は一瞬だけ頭が真っ白になったけれど、すぐに我に返った。

そして、両手で髪の毛を持ち上げて、城戸が大好きな長くて細い首を晒した。

「……じゃあ、ネックレスをつけてくれる？」

「つける！　これからは俺が毎朝つけるから絶対に外すなよ。莉緒は俺のもの。死が二人を分かつまでずっと……」

そう言って聡介は莉緒の白い首筋に唇を近づけた。

番外編　甘い休日

「……ん……あれっ？」

聡介と莉緒がめでたく入籍をはたし、井出邸で生活を初めて半年が経った朝のこと。

手術や出張で忙しい聡介にようやく休みが取れたので二人で朝寝坊を決め込んでいたのだが、目覚めると聡介の姿はなく莉緒は明るい寝室で一人ぼっちだった。部屋着に着替えてキッチンに向かうと、Tシャツにスエットパンツ姿の聡介が朝食を作っていた。

貴重な休日にもかかわらず、聡介はいつも莉緒のために朝食を作ってくれる。それは付き合い初めの頃からの習慣で……莉緒はありがたいと思う反面、疲れている夫をできるだけ休ませてあげたいと思っていた。

なのに聡介は莉緒を振り返ると満面の笑みを浮かべて手を振るので、何も言えなくなる。

「莉緒おはよう。もうすぐ出来上がるよ」

「おはよう。聡介さんが起きてたことに気づかなかった」

莉緒は聡介の側に行き紅茶を作ることにした。紅茶のポットを食器棚から出したその時……キッチンのドアがバーンと開かれて、パジャマ姿の義母がキッチンに入ってきた。

「ねー朝ごはん食べさせて！」

莉緒は驚いて言葉も出ない。以前も似たような場面に遭遇したことがあった。あの時は若すぎる義母を見て、聡介の年上の彼女かと勘違いしたのだったが……。

離婚しても元夫と仲の良い義母が度々泊まりに来るのだが、朝からいきなりパジャマ姿を見せられると心臓に悪い。

「お、お義母さん？」

「ゲッ、おふくろ……また泊まったのかよ」

「昨日の夜遅くまで岡山に出張だったのよ。ちょうど用事もあったし、康介さんの部屋に泊めてもらったの」

「はあ……親父は？」

「まだ寝ているわよ。あ、目玉焼き！　私の分も作って～」

「へいへい。莉緒……悪いな」

「ううん全然。お義母さんオレンジジュース飲みます？　昨日美味しいのを見つけちゃって」

「飲む！」

莉緒はこの義母が嫌いではない。モーレツ社長という名がぴったりの人物で、情に厚くて自由人でとにかく規格外の女性なのだ。

「どうぞ、ブラッドオレンジのジュースです」

「ありがとう」

ゴクゴクと美味しそうに飲み干した後、義母はパジャマのポケットからビロードの箱を取り出して莉緒に差し出した。

「これ、莉緒さんに渡そうと思って」

「えっ……」

「開けてみて」

「いいんでしょうか……?」

義母はニコニコと笑って莉緒を見守り、聡介は料理の手を休めて何事かと覗き込んでくる。莉緒は手渡された箱をおずおずと開いた。

「わぁ……っ!」

それはパールとダイヤが散りばめられた蝶の形を模した銀色のブローチで、井出家の家紋に形がそっくりだった。繊細な美しさに莉緒は息を呑む。

「井出家の家紋に合わせて、康介さんがヨーロッパのハイブランドで特注したものなの。私は付ける機会がなかったけど、いつか聡介にお嫁さんができたら贈ろうと思って大事にしていたのよ」

「お義母さん、こんな素晴らしいブローチ……私にはもったいないです」

莉緒は義母に返そうとしたのだが、首を振られた。

「院長夫人として華やかな場所に出席する機会が増えるからこれを身につけてほしいの

よ。ブローチの由来を尋ねられたら、『井出家に代々伝わるものです』と言うといいわ」

「でも……」

迷う莉緒に聡介が提案をする。

「もらっておけよ。ちょうど来週のパーティーに付けて出席すればいい」

「あっ！」

来週のパーティーは莉緒の悩みの種だった。近隣の院長夫人達の輪に加わってどう振る舞えばいいのか、不安がいっぱいでウジウジと悩んでいたのだ。

義母も手をパチンと叩いて同意する。

「良いわね！　井出家って奥様連中から見れば手の届かないハイブランドみたいなものだから、その象徴を身につければ虐められることは無いと思うわよ。聡介、気が利くわね」

「お褒め頂きどうも」

結局……ありがたく受け取ることになった。莉緒は小さいのに重みのあるブローチをそっとテーブルに置いた。

そうこうしている内に、聡介が朝食をワゴンに乗せてやってきた。莉緒が慌てて手伝おうとすると、首を振って莉緒をダイニングの椅子に誘導する。

「これ俺の仕事だから、莉緒は座っててくれ。お前の世話を焼きたいんだから、やらせてよ」

「……！」

聡介の言葉に莉緒は一気に頬を染めた。

（聡介さんったら、お義母さんの前で……恥ずかしい）

するど、義母が満面の笑みを浮かべてパチパチと拍手をする。

「聡介、貴方さぁイイ男になったわねぇー。お母さんは涙が出るほど嬉しいわ」

「そりゃどうも」

盛り上がる母を前にした息子のテンションの低さが妙にツボだ。莉緒は目の前の親子を眺めながら、笑いをこらえるのに必死だった。


朝食が終わり、義母がコーヒーと新聞を手に義父の元に向かうと、莉緒は片付けをする聡介をキッチンに残しクロゼットルームに向かった。

パーティー用のスーツを取り出し素肌に着てみた。義母から贈られたブローチを襟に留めて鏡の前に立つと、確かに……スーツの格式が一段と上がって見えた。

「すごい……これがブランド力」

もちろんスーツも上質なものなのだが、それ以上に蝶のブローチの存在感が強く井出家が特別な存在なのだと今更ながら思い知らされた。

（この家紋に恥ずかしくない行いをしなくっちゃ）

鏡の前で莉緒はそう誓ったのだが……やってきた聡介のセリフにガクッと肩を落とす。

「おっ、やっぱりイイな。スーツ姿がそそる」

「そそる……？」

朝っぱらから何を言っているのだ夫は！　鏡に映る聡介に頬を膨らませて睨むと、本人は我が物顔で莉緒のウエストに手を伸ばしてくる。

背中にピッタリと寄り添い。莉緒の髪の毛を優しく撫で付けていたのだが、いきなり首筋に歯をたててきた。

「あっ……聡介さん、やめ……っ」

スカートの裾をたくし上げショーツの中に冷たい指先が侵入する。そのまま恥丘を撫でられて莉緒の体がピクッと震えた。

お尻に当たる硬い感触がすごく気になる。今日は朝の交わりがなかったから、もしかしてここで……？

莉緒がそんなことを考えている間にも、ジャケットのボタンが外されて裸の胸が大きな手でふんわりと包まれる。

掌の冷たさに思わず声が漏れた。

「ひゃっ！」

「悪い、冷たかったな」

「もうっ！」

むくれる莉緒をベッドに誘いながら聡介が囁く。

「なあ……鍵を掛けたから、今日は一日中ベッドで過ごそう」

こうして、甘い休日が始まった……。

あとがき

こんにちは、連城寺のあです。

暴君Dr.城戸とクラーク莉緒のラブストーリー、楽しんで頂けたでしょうか？

長髪髭面のヒーローは現代モノのＴＬで受け入れられるのか？　なんて心配しながら書かせて頂いたお話しです。おまけに、デコ出し天然パーマのヒロインって……と自分にツッコんでいましたが、小島ちな先生が可愛らしく描いて下さって、逆に個性的で素敵なビジュアルになりました。先生、ありがとうございました！

小説の舞台は地方都市の大きな個人総合病院です。隠された通路や階段、秘密のネットワーク管理室や閉鎖された病棟など、迷路のような空間をヒロインは縦横無尽に走り回ってがむしゃらに仕事をします。まるでコマネズミか忠犬ハチ公の様です。

ヒーローは暴君っぽいですが、内心ではヒロイン大好きっ子なので憎めない男ですし、陰でしっかり仕事をしてくれます。

脇役も色とりどりで、ヒーローの友人などは良い具合に邪魔してくれましたし、ヒーローの母も強烈キャラで、前川Dr.と同様に好き勝手に動いて物語を掻き回してくれました。脇役に感謝です。

蜜夢文庫さまで書籍デビューをしてからはや三年が経ち、今回で三冊目のＴＬ小説となりました。

周りの方々に助けられて一冊の本となるわけですが、これが当たり前の事ではなくて、夢のようだと毎回感じています。なんとか書き続けてこられた事、そして担当者さまに感謝の気持ちで一杯になります。

そして読者さま、書店に並ぶ多くの本の中からこの小説を手に取って下さってありがとうございます！

相変わらずのボンヤリ&ソコツ者の連城寺ではありますが、これからもほっこりキュンとするお話を書き続けられたらと思っています。

またいつか、どこかでお会いできることを願って……。

連城寺のあ

本書は、電子書籍レーベル「らぶドロップス」より発売された電子書籍『秘密のお仕事は恋の始まり!? 暴君ドクターの甘い無茶振り』を元に、加筆・修正したものです。

★著者・イラストレーターへのファンレターやプレゼントにつきまして★
著者・イラストレーターへのファンレターやプレゼントは、下記の住所にお送りください。いただいたお手紙やプレゼントは、できるだけ早く著作者にお送りしておりますが、状況によって時間が掛かる場合があります。生ものや賞味期限の短い食べ物をご送付いただきますと著者様にお届けできない場合がございますので、何卒ご理解ください。
送り先
〒160-0004 東京都新宿区四谷3-14-1 UUR四谷三丁目ビル2階
(株) パブリッシングリンク
蜜夢文庫 編集部
○○（著者・イラストレーターのお名前）様

秘密のお仕事は恋の始まり!?
暴君ドクターの甘い無茶ぶり

２０２１年１１月２９日 初版第一刷発行

著……………………………………………… 連城寺のあ
画……………………………………………… 小島ちな
編集…………………………… 株式会社パブリッシングリンク
ブックデザイン…………………………… しおざわりな
（ムシカゴグラフィクス）
本文ＤＴＰ…………………………………… ＩＤＲ

発行人………………………………………… 後藤明信
発行…………………………………… 株式会社竹書房
〒102-0075 東京都千代田区三番町８－１
三番町東急ビル６Ｆ
email：info@takeshobo.co.jp
http://www.takeshobo.co.jp
印刷・製本………………………… 中央精版印刷株式会社